Deseo™

Escándalo en la oficina

Anna DePalo

Editado por HARLEQUIN IBÉRICA, S.A.
Hermosilla, 21
28001 Madrid

ESCÁNDALO EN LA OFICINA, N.º 1593 - 11.6.08
Título original: Ceo's Marriage Seduction
Publicada originalmente por Silhouette® Books

I.S.B.N.: 978-84-671-6146-5
Depósito legal: B-19858-2008
Editor responsable: Luis Pugni
Preimpresión y fotomecánica: M.T. Color & Diseño, S.L.
C/. Colquide, 6 portal 2 - 3º H. 28230 Las Rozas (Madrid)
Impresión y encuadernación: LITOGRAFÍA ROSÉS, S.A.
C/. Energía, 11. 08850 Gavá (Barcelona)
Fecha impresion para Argentina: 8.12.08
Distribuidor exclusivo para España: LOGISTA
Distribuidor para México: CODIPLYRSA
Distribuidores para Argentina: interior, BERTRAN, S.A.C. Vélez Sársfield, 1950. Cap. Fed./ Buenos Aires y Gran Buenos Aires, VACCARO SÁNCHEZ y Cía, S.A.
Distribuidor para Chile: DISTRIBUIDORA ALFA, S.A.

Capítulo Uno

–Voy a casarme con él.

«Con el hombre erróneo».

«No, con el hombre correcto», se corrigió Eva, irritada por haber adoptado durante un instante la perspectiva negativa de su padre.

Era verdad que no tenía una sensación instintiva de «perfección» o «destino», pero se dijo que debía dejar de ser tan ilógica.

A lo largo de su carrera como planificadora de fiestas, muchas veces había intuido que las cosas iban mal y luego se habían desarrollado de forma perfecta. También había visto cómo eventos que deberían haber resultado perfectos se convertían en terribles desastres.

Decidió para sí que no se podía predecir el futuro, incluso viendo la mirada incrédula y disgustada que le dirigía su padre.

Marcus Tremont se puso en pie y dio una palmada en el enorme escritorio de roble que tenía ante él.

–¡Maldición, Eva! ¿Estás loca? Carter Newell es una serpiente cazaherederas. ¡No recibirás ni un céntimo de mí!

Ella apretó los labios, pero se negó a mostrar cuánto le dolían las palabras de su padre. Había regresado pronto del trabajo, los lunes eran días tranquilos, para reunirse con su padre en su biblioteca forrada de madera, en la mansión familiar de la exclusiva zona Mill Valley. Se había preparado para la batalla.

–Por suerte –contestó–, no necesitamos ni un céntimo tuyo. Eventos de Diseño va muy bien.

Su reputación como planificadora de fiestas en la zona de la Bahía había crecido mucho en los últimos años. Recibía encargos constantes de muchas de las anfitrionas de la alta sociedad de San Francisco, así como de reconocidas asociaciones filantrópicas.

–Nunca entenderé qué ves en Carter Newell –su padre se pasó la mano por el pelo gris.

Habían hablado del tema varias veces, siempre con el mismo resultado. Sin embargo, como el compromiso ya era una realidad, ella había tenido la esperanza de que ese día fuera diferente.

A diferencia de su padre y la gente como él, Carter no consideraba el trabajo como su «amante». Al contrario, hacía que ella fuera su prioridad.

–Carter me quiere –dijo, sin más.

–O a tu cuenta corriente –su padre frunció el ceño.

Ella apretó los dientes. Su padre siempre había demostrado inquietud, suspicacia incluso, cuando le presentaba a sus novios. Suponía que era porque era hija única y su heredera. Con Carter esa inquietud inicial nunca había cedido. Pero había que tener en cuenta que no había estado cerca del altar con ninguno de los novios anteriores...

–¿Carter tiene trabajo? –siguió su padre–. Refréscame la memoria, Evangeline. ¿A qué se dedica?

Su padre sabía muy bien cómo se ganaba la vida Carter, pero Eva decidió seguirle el juego.

–Carter es asesor financiero independiente.

La primera vez que había mencionado la profesión de Carter, unos meses antes, había creído que contaría con la aprobación de su padre. Marcus Tremont respetaba la idea de sacar provecho a un dólar.

Sin embargo, la reacción de su padre había sido tibia. Y cuando ella empezó a insinuar que se estaba planteando casarse con Carter, esa tibieza había iniciado un descenso en picado.

–Tonterías –afirmó su padre, haciéndose eco del escepticismo que había manifestado en ocasiones anteriores–. Eso es un título decorativo que oculta su verdadera profesión de seductor de herederas.

–¡Carter procede de una familia de dinero! –a pesar de que no había sido su intención, estaban repitiendo argumentos que nunca habían llevado a nada. Sintió que se avecinaba un dolor de cabeza.

–Procedía de una familia de dinero –contraatacó su padre–. Él alardea de manejar el dinero de otra gente porque no tiene ninguno propio.

–¡Eres imposible! –ese comentario la hartó–. Sólo porque los Newell ya no son tan ricos como eran, ¡crees que Carter es un cazafortunas!

Mientras lo decía, lamentó su tendencia a sonar como una adolescente rebelde siempre que discutía con su padre.

–Créeme, Eva. No hay nadie más tenaz que una

persona que intenta mantener su situación económica en la vida y evitar una caída hacia el abismo.

Ambos habían levantado la voz y Eva decidió dejar de intentar que el anuncio de su boda se convirtiera en un momento feliz.

–¿Dónde está el anillo? –preguntó su padre con brusquedad, mirando su mano–. No veo ninguno.

–Aún no lo tengo.

La expresión de su padre dejó muy claro lo que opinaba: «¿Ves? ¿Qué más pruebas necesitas?».

–Ah, no, de eso nada –intervino ella, antes de que pudiera expresar sus pensamientos–. Vamos a elegirlo juntos.

–¿Con qué? –inquirió su padre–. ¿Con un préstamo del banco?

Ella suponía que el compromiso no sería oficial hasta que tuviera un anillo, pero se negaba a que la discusión con su padre se centrara en algo meramente simbólico.

Llamaron a la puerta y ambos se volvieron.

–Adelante –ladró su padre.

La puerta se abrió y entró Griffin Slater. Eva entornó los ojos.

Griffin Slater. La mano derecha de su padre.

A ojos de su padre, si alguien tenía las credenciales perfectas para marido, ése era Griffin.

Griffin Slater la disgustaba intensamente. Había sido así desde que lo conoció, hacía una década, cuando empezó a trabajar para Tremont Holding Inmobiliario.

Al principio apenas había sido consciente de su

existencia; no era más que otro recién salido de la universidad de Stanford que aprendía las bases del negocio inmobiliario con pretensiones de ascender.

Sin embargo, con treinta y cinco años era más jefe que empleado, sobre todo porque la avanzada edad de su padre le obligaba a ir soltando las riendas del imperio familiar.

Además, Griffin era un recordatorio constante de sus carencias como única heredera de su padre. No había demostrado ningún interés por la empresa familiar y había iniciado sus propios negocios en cuanto acabó sus estudios en la universidad de Berkeley.

Eva era muy consciente de que mucha gente consideraba su campo de trabajo una frivolidad, un mero entretenimiento de debutante. Y no dudaba de que Griffin Slater compartía esa opinión.

Pero al menos ella había tenido las agallas de crear su propia empresa, en vez de usurpar la de otro.

En ese momento, al mirar el rostro de Griffin Slater, notó que su expresión no delataba nada. Era un maestro en poner cara de póquer, al menos cuando no estaba metiéndose con ella.

Medía más de un metro ochenta y tenía rasgos duros y marcados, más de boxeador que de modelo masculino. Sin embargo, ejercía un potente efecto en las mujeres. Ella lo había comprobado en numerosos acontecimientos sociales a lo largo de los años.

Suponía que tenía que ver con sus penetrantes ojos oscuros. O tal vez con el cabello azabache que persistía en rizarse a pesar de que lo llevaba muy corto. Y también debía colaborar un cuerpo que era pura virilidad. Incluso ella lo había admirado involuntariamente más de una vez, antes de controlar el desvarío de su mente.

–Llegas a tiempo para el espectáculo, Griffin –le dijo.

Él alzó las cejas con leve interés y cerró la puerta a su espalda.

Eva odió que su padre pareciera aliviado al ver a Griffin, don Arreglatodo, como ella lo llamaba para sí. Griffin sería testigo de otra épica batalla familiar de los Tremont. Parecía tener un instinto especial para aparecer siempre en momentos críticos.

–¿Qué espectáculo? Admito que siento curiosidad –dijo Griffin, con ese tono sereno y divertido que nunca cesaba de irritarla.

–Mi hija ha decidido casarse con el hombre más despreciable que conozco –su padre dio una palmada sobre el escritorio.

–¡Papá! –exclamó ella, airada.

Griffin la miró y ella notó que la tensión del ambiente aumentaba.

–¿Quién es el afortunado?

«Como si no se lo imaginara», pensó Eva. Griffin había visto a Carter un par de veces. Una, en una reunión social informal, en casa de sus padres, y otra en un encuentro fortuito en la inauguración de una galería de arte.

En ambas ocasiones, Griffin había estado solo, pero eso no había engañado a Eva. Había visto a varias mujeres entrar en su vida. Y sobre todo salir de ella, porque Griffin no parecía inclinado a otorgar sus favores demasiado tiempo a una mujer en concreto.

Alzó la barbilla y sus ojos se encontraron con los de Griffin. A pesar de lo que había dicho su padre, no tenía ninguna razón para estar a la defensiva, estaba perfectamente cómoda con su decisión.

–Carter Newell –contestó con énfasis.

–Así que es momento de felicitaciones –dijo Griffin, adentrándose en la habitación.

Ella se dio cuenta de que no la estaba felicitando, sólo diciendo que eso sería lo que dictaría la cortesía, si él fuera cortés.

Griffin la miró de arriba abajo y, a pesar de estar correctamente vestida con un clásico de Diane von Furstenberg, ella se sintió como si estuviera en exposición.

Le subió la tensión. Eso era habitual en todos sus intercambios con Griffin. Sus conversaciones siempre incluían una corriente subterránea de la que su padre no era consciente.

–Felicítala, pero a mí dame el pésame –gruñó su padre.

–¿Dónde está el anillo? –preguntó Griffin, mirando su mano.

–Eres igual que mi padre –Eva apretó los dientes.

–¡Y eso no tiene nada de malo! –dijo su padre.

Ella no apartó la vista de Griffin, retándolo a que hiciera algún otro comentario.

Los labios de Griffin se curvaron, casi como si quisiera disolver el reto que flotaba en el aire.

–Tienes aspecto de desear lanzarme unos canapés, o quizá pincharme con un tenedor de postre.

Había vuelto a hacerlo: una referencia sesgada y condescendiente a su negocio, que su padre no había captado. Debería haber sabido que Griffin nunca rechazaba un reto.

–No me tientes –dijo ella con una sonrisa mordaz. Se volvió hacia su padre y decidió cambiar de técnica–. Deberías alegrarte –le dijo–. Al fin y al cabo, cuanto antes me case, antes podrás tener ese nieto del que tanto hablas.

Admitió para sí misma que su compromiso con Carter podría tener cierta relación, no demasiada, con el hecho de que ella anhelaba un bebé.

Aunque había salido con muchos hombres, el adecuado no había hecho acto de presencia. Su madre había tenido una menopausia prematura y Eva no sabía cuánto tiempo le quedaba a ella. Se había hecho pruebas, por supuesto, y aunque indicaban que, de momento, no tenía carencia de óvulos, también sabía que esperar era una apuesta que, día a día, tenía menos opciones de ganar.

Le había comentado a Carter su temor de una menopausia prematura y él había estado entusiasmado con la idea de intentar tener familia en cuanto se casaran.

–Cualquiera menos Carter Newell –dijo su padre en ese momento.

Ella interpretó el silencio de Griffin como acuerdo tácito con esa frase. Lo maldijo para sí.

–Si al menos os llevarais bien –dijo su padre con expresión desolada, mirando a Griffin y luego a ella–, habría podido tener la esperanza de que os casarais.

Eva tragó aire.

Estaba dicho. Su padre por fin había declarado lo que ella siempre había sospechado que pensaba.

Miró a Griffin de reojo y vio que seguía impasible. Era una reacción tan típica de él que volvería loca a cualquier persona.

Ella, en cambio, seguía esperando a que el rubor provocado por la vergüenza abandonara sus mejillas. Abrió la boca.

–Marcus –dijo Griffin, antes de que ella pudiera hablar–, sabes que Eva es demasiado…

Ella se juró que, si decía «frívola», le pegaría una patada en la espinilla.

–… temperamental para mí.

Ella cerró la boca. No podía discutir eso, cuando acababa de pensar en golpearlo.

Los ojos de Griffin la miraron burlones, como si adivinara lo que había estado pensando.

Ella volvió a concentrar la atención en su padre.

A veces se sentía como una preciada posesión más de la cartera de valores de Marcus Tremont; su padre debía de pensar que, si se casaba con Carter Newell, él no obtendría el beneficio que había esperado de su inversión. Aun así, se negaba a dejarse vencer.

–Mamá y yo empezaremos a visitar salones y a buscar un vestido.

–¿Tu madre ya está al corriente de esto? –su padre enarcó las cejas.

–Le comenté mis planes antes de entrar aquí, sí –esbozó una sonrisa luminosa–. Pero decidí venir a enfrentarme al león en su guarida yo sola.

Su padre le dirigió una mirada fulminante.

–Espero verte en la boda, tanto si deseas ser quien me entregue al novio o no –lo dijo con decisión, pero por dentro sintió una emoción que se negó a analizar en detalle.

Giró sobre los talones y, sin dedicar otra mirada a Griffin, salió de la biblioteca.

Ella era todo cuanto él deseaba, pero venía en el paquete incorrecto. Griffin observó a Eva Tremont salir de la biblioteca contoneándose, mientras el vestido de punto se pegaba a cada una de sus curvas.

Sus labios se curvaron.

Era un paquete tremendo, y lo había sido desde la primera vez que la vio. Era una mezcla a partes iguales de heredera testaruda, inteligente mujer de negocios y soltera muy sexy.

También estaba claro que lo despreciaba. Si hubiera tenido que adivinar el por qué, diría que se debía a que le recordaba que no estaba a la altura como heredera de Marcus Tremont.

Seguramente que él acabara de convertirse en director ejecutivo de Tremont Holding Inmobiliario había sido como restregar sal en sus heridas.

Se recordó que, además, su vínculo con Marcus Tremont y con Tremont HI eran la razón de que Eva fuera fruta prohibida para él. No era de los que se comprometían, y la única relación aceptable con la hija del jefe sería el compromiso.

También era cierto que desde que era director ejecutivo, más que nada por hacerle un favor a Marcus, Eva en realidad ya no era la hija del jefe; pero seguía estando emparentada con un hombre a quien consideraba amigo, colega y mentor.

–¡Ese bastardo de Newell! –exclamó Marcus Tremont, interrumpiendo sus pensamientos.

Griffin sólo había visto a Carter Newell un par de veces. Pero había captado perfectamente que el tipo era un listo.

Cuando Carter había alardeado de su destreza como asesor financiero, Griffin había escuchado con neutralidad, sin que lo impresionara en absoluto su facilidad de palabra. Además, estaba contento con su corredor de bolsa y le gustaba estar al tanto del mercado él mismo.

A pesar del discursito que le había dedicado, a juzgar por la expresión ácida que aparecía en su rostro de vez en cuando, había tenido la impresión de no caerle bien a Carter.

Le pareció obvio que Carter había hecho sus cálculos y había llegado a una conclusión que le desagradaba sobremanera: Griffin era el sucesor elegido por Marcus Tremont. El sucesor soltero y sin compromiso, de su posible futuro suegro.

Sin duda, Newell lo había considerado un rival en cuanto al control de la fuente de dinero, posiblemente respecto a Eva también.

Aun así, Carter había estado dispuesto a dejar sus sentimientos personales de lado al ver la posibilidad de obtener una ganancia financiera captando a un nuevo cliente.

Griffin pensó que eso era lo que lo preocupaba. No sólo por él mismo, sino también por Eva. Si Carter era capaz de soslayar su desagrado para conseguir a un cliente, ¿cuánto más estaría dispuesto a hacer para conseguir una esposa rica?

–Investígalo por mí –le dijo Marcus Tremont, mirándolo a los ojos.

–¿Qué me estás pidiendo? –Griffin se tensó. Tenía una idea bastante clara, pero no quería que hubiese ningún malentendido.

–Quiero decir que descubras lo que puedas sobre Carter Newell. Contrata al detective que utilizamos para Tremont HI –el hombre hizo un gesto amargo–. Quiero saber qué oculta Carter Newell antes de que se convierta en mi yerno.

–¿Tienes razones para creer que oculta algo? –Griffin alzó una ceja, pero tuvo cuidado de mantener una expresión neutral.

–Lo que sé de los Newell no me gusta –Marcus lo miró con fijeza–. Fueron capaces de ocultar su declive económico mucho tiempo. El subterfugio parece ser la moneda de cambio de la familia.

–Entiendo. Pero si Eva lo descubriera...

Dejó la frase en el aire. Sólo pretendía asegurarse de que el anciano era consciente de las posibles consecuencias de esa decisión. Marcus podría dañar irremediablemente la relación con su hija si ella descubría que habían investigado a Carter.

Y en cuanto a su propia relación con Eva, sin duda la llevaría más cerca del abismo.

–Eva no tiene por qué enterarse –dijo Marcus con

brusquedad–. A no ser, claro, que encontremos algo en contra de Newell; en ese caso merecerá la pena pagar el precio para salvarla de ese vendedor relamido.

Griffin asintió.

La verdad era que sentiría cierto placer hundiendo a Carter Newell si el tipo no era legal.

Dejó de lado el pensamiento de que hacer que investigaran a Carter podría tener un coste demasiado elevado para él mismo…

Capítulo Dos

Griffin contemplaba las luces parpadeantes del atardecer en la bahía de San Francisco, a través de la ventana de su mansión en Pacific Heights. Al rememorar los acontecimientos del día, apretó los dedos, poniendo en peligro el delicado cristal de la copa de vino que tenía en la mano.

Aunque había accedido, la petición de Marcus lo ponía en una posición bastante difícil.

A lo largo de los años había dejado de lado sus egoístas deseos con respecto a Eva. Aun así, había fantaseado muchas veces con hacerle el amor, a pesar de que ella lo irritaba tanto como lo dejaba perplejo, según el momento.

Le recordaba a un gato esbelto y ágil. Tenía proporciones perfectas y el ejercicio mantenía su cuerpo flexible y en forma.

El cabello, liso y negro, caía como una cortina por debajo de sus hombros. Tenía la boca un poco grande para su rostro y, los ojos color topacio, levemente curvados hacia arriba. Sin embargo, esos elementos añadían carácter a su rostro, en vez de sugerir que carecía del tipo de belleza ideal.

Y le habían pedido que buscara los trapos sucios

del hombre con el que pretendía casarse, ese hombre de quien se creía enamorada. Apretó los labios.

No podía negarse a la petición de Marcus Tremont. Dejando aparte todo lo demás, Griffin estaba de acuerdo con el instinto de Marcus en lo concerniente a Carter Newell.

Por no mencionar que tenía con Marcus una deuda que nunca podría pagar.

Tras la muerte de sus padres, en un accidente de avioneta, cuando él acababa de finalizar el último curso de instituto, se había convertido en guardián de su hermano Josh, de quince años, y su hermana Mónica, de catorce. Había tenido que hacerse adulto de la noche a la mañana y había adquirido la fiera determinación de alcanzar éxito en el mundo por sí solo.

Afortunadamente, aunque sus padres no eran ricos, sí habían dejado el suficiente dinero para permitirle enviar a sus hermanos menores a internados y seguir ampliando su propia educación.

Tras la universidad y un máster empresarial, Marcus, un conocido de su padre por cuestión de negocios, le había ofrecido trabajo en Tremont HI, para que pudiera aprender a manejarse en el negocio inmobiliario.

La relación de negocios había resultado lucrativa para ambos. Griffin había descubierto muy pronto que tenía el toque de Midas a la hora de hacer tratos inmobiliarios. Finalmente había creado su propia empresa, Inversiones Evgat, y se había hecho inmensamente rico gestionando con inteligencia su cada vez mayor cartera de valores inmobiliarios.

Pero había seguido involucrado con Tremont HI por lealtad a Marcus. Cuando él había decidido, hacía dos años, que debía dejar la dirección del día a día de la empresa, le había pedido a Griffin que tomara las riendas. Marcus había insistido, desde la presidencia de la junta directiva, que no había nadie más a quien pudiera confiar el mando de la empresa que había dedicado toda su vida a construir.

Las dos empresas habían unido sus oficinas cuando Griffin pasó a ser director ejecutivo de ambas. Y dado que Inversiones Evgat y Tremont HI tenían intereses distintos, no había problemas de competencia entre ambas. Por intención expresa de Griffin, Evgat se dedicaba a las propiedades residenciales y nunca a locales comerciales y de oficinas.

Griffin no había estado dispuesto a traicionar a Marcus haciéndole competencia a su empresa.

Hizo una pausa mental y volvió a pensar en Eva.

Por más que la deseaba, no conseguía entenderla. Lo exasperaba su absoluta carencia de interés en Tremont HI. Como miembro de la familia, ocupaba un puesto en la junta directiva de la empresa, pero su relación con el negocio se limitaba eso.

Él, en cambio, apreciaba de primera mano lo que Marcus había constituido. Había dedicado años a crear una empresa que pudiera equipararse, y en cierta medida superar, la reputación de Tremont HI. También había dedicado tiempo y esfuerzo a desarrollar Tremont HI, sobre todo desde que era su director ejecutivo.

Griffin dejó que su mirada se perdiera en las luces de San Francisco, sin verlas.

No podía negar que, en contra de toda lógica, seguía sintiéndose atraído por Eva. Cuando estaba con ella sentía una descarga de adrenalina, una sensación extraña, como si estuviera borracho de euforia.

Ella lo retaba y a él le encantaban los retos.

Nunca había actuado con respecto a esa atracción porque no podía acostarse con la hija de Marcus Tremont sin que hubiera... consecuencias. Y el obvio desagrado que le inspiraba a Eva facilitaba aún más cumplir esa regla.

Ya había tenido suficientes compromisos para toda una vida. No tenía interés alguno en saltar a otro, por ejemplo, una esposa.

Se había comprometido a educar a sus hermanos menores y también a asegurarse de que encontraban su camino en la vida.

De hecho, sólo hacía un par de años que tenía la sensación de poder respirar con tranquilidad. Su hermano, Josh, había acabado las prácticas médicas y era cirujano, en Denver, y acababa de casarse con su novia de la universidad, Tessa.

Su hermana, Mónica, directora de una escuela para niños con dificultades de aprendizaje, se había casado hacía dos años con un productor cinematográfico, Ben Corrigan, y vivía en Los Ángeles. Esperaba a su primer bebé dentro de cinco meses.

Estaba orgulloso de sus hermanos y satisfecho de que se hubieran convertido en adultos bien adaptados que habían encontrado la felicidad.

Su trabajo, por fin, estaba hecho. Y no quería asumir responsabilidad por nadie más.

Aun así, pensar que Eva se entregase a un perdedor como Carter Newell le daba ganas de dar un puñetazo a la pared.

Si él no podía tenerla, no iba a permitir que se desperdiciara con un jugador como Newell. Ni siquiera sabiendo que, si Eva descubría que había hecho el trabajo sucio de su padre, tendría que despedirse para siempre de la posibilidad de mantener una relación civilizada con ella.

Con ese pensamiento en mente, agarró su teléfono móvil. Tenía el número de Ron Winslow en la agenda. De vez en cuando había utilizado al detective para investigar la verdad sobre potenciales inversiones inmobiliarias.

Ron contestó y se saludaron cordialmente. Después, Griffin fue al grano.

–Tengo un encargo para ti.

–Es imposible.

–Es tu padre.

Eva suspiró. Después de la conversación con su padre, había dejado la mansión y había regresado a su piso en una casa del vecindario Russian Hill de San Francisco.

En ese momento estaba acurrucada en el sofá, hablando por el teléfono móvil con su madre, que había llamado para asegurarse de que todo iba bien.

–Esperaba una reacción mejor.

–Ya se hará a la idea.

Eva no estaba de acuerdo con la aseveración de su

madre. Sabía lo testarudo que podía ser su padre; a veces, cuando era honesta consigo misma, era capaz de admitir que había heredado esa testarudez.

–Lo más importante –siguió su madre–, es saber si tú estás segura de querer casarte con Carter…

–¡Por supuesto! –la respuesta fue rápida y seca. Seguía dolida por el enfrentamiento con su padre, en presencia de Griffin Slater, encima.

–Porque no hay prisa –persistió su madre–. La prueba demostró que tienes tiempo.

–Sí, ¿pero cuánto? –contestó ella automáticamente.

Le había contado a su madre que se había hecho una prueba para determinar la cantidad de óvulos que tenía. Al oír la preocupación en la voz de su madre, se preguntó si se había mostrado demasiado obsesionada por el transcurrir de su reloj biológico.

–Eva…

–Mamá.

Su madre suspiró.

–¿Qué opinas de Carter? –preguntó Eva, arrepintiéndose de inmediato.

–Sólo quiero que seas feliz.

–Quiero casarme con Carter. Quiero –dijo, con su tono de voz de mayor seguridad, el que utilizaba para calmar a los clientes nerviosos antes de la celebración de un gran evento.

Oyó un pitido en el móvil, seguido por otro.

–Mamá, tengo otra llamada.

Miró la pantalla y comprobó que era su amiga Beth Harding. Estaba planificando con ella una fiesta que los Harding celebrarían en su mansión un par de semanas después.

–Es Beth –le dijo a su madre.

–Bueno, cariño. Te dejo que charles con ella. Ya hablaremos de dónde se podría celebrar la boda, para que podáis fijar una fecha.

Eva se sintió más animada. Al menos su madre estaba dispuesta a adquirir un espíritu festivo con respecto a la boda.

–Gracias, mamá –se despidió, antes de pasar a la llamada entrante–. Hola, Beth. He encontrado unos fantásticos decorados de Art Decó para la fiesta. Es una empresa proveedora de la industria cinematográfica, en Los Ángeles.

Beth y su marido, Oliver, iban a dar una fiesta con fines benéficos en su casa de Palo Alto, para los hospitales infantiles de San Francisco y alrededores.

Beth y ella habían decidido que el ambiente de los años treinta sería una agradable sorpresa para la abuela octogenaria de Beth, que vivía en una casita para invitados en su propiedad, y que aún tenía energía suficiente para salir a una pista de baile.

–Maravilloso –rió Beth.

–He alquilado unas sillas de mohair fantásticas, un par de barras de bar de madera y varias lámparas de cristal translúcido. ¡Y he encontrado unas bandejas para servir de espejo color cobalto!

–Todo suena muy bien, pero no te llamaba por la fiesta.

–Deja que adivine –Eva dejó caer los hombros.

–Eh, venga ya. No te hagas la interesante.

Le había dicho a Beth que Carter y ella iban a ir a elegir un anillo, y que iba a hacer un último intento para convencer a su padre.

–¿Por dónde empiezo? –se puso la mano en la frente–. ¿Por lo malo o por lo peor?

–Venga ya. ¡No ha podido ser tan terrible!

Beth era una optimista empedernida. «Venga ya» era una de sus expresiones favoritas.

–Ha ido mal –contestó Eva con tono lúgubre–. Veamos, lo malo fue que mi padre se puso como loco. Lo peor fue que Griffin Slater fue testigo de la escena.

–¡Oh, no! –exclamó Beth.

–Oh, sí.

Le contó a Beth los detalles de la confrontación en la biblioteca de su padre, y Beth emitió los ruiditos compasivos de rigor.

–Espero no volver a ver a Griffin Slater –declaró Eva cuando acabó la triste historia, aunque sabía que era una esperanza vana.

–Hum…

–Dime que no lo has invitado a tu fiesta –suplicó, al captar el tono inquieto de su amiga.

–¡Tenía que invitarlo, Eva! Oliver y él se conocen desde hace años.

Eva gruñó. Beth y ella habían elegido la tarjeta de invitación juntas, pero Beth había enviado la lista definitiva de invitados directamente a la imprenta.

–Típico de mi suerte habitual –gimió.

–Puede que no venga –señaló Beth.

–Si sabe que la he planificado yo, seguramente no irá –contestó ella, animándose de nuevo.

Griffin nunca aparecía en sus fiestas. Era una de las razones que la habían llevado a pensar que despreciaba su negocio.

–¿Has pensado en tu disfraz? –preguntó Beth, obviamente intentando cambiar de tema.

–De momento –dijo con voz seca–, me parece que ir con Carter, disfrazados de Nick y Nora, sería lo más apropiado.

Beth se rió.

Eva sólo lo había dicho medio en broma. Aparecer como los dos sabuesos de Dashiell Hammett, un detective retirado y su esposa de la alta sociedad, cuya familia considera que se había casado con un ser inferior, encajaría muy bien con la situación.

–Entonces recuérdame que busque mi estuche de cosmética Nick y Nora –comentó Beth–. A quien quiera que se le ocurriera crear una marca de cosmética femenina a partir de esos personajes, tuvo una idea genial.

–Gracias.

Después de finalizar la conversación con Beth, se recostó en el sofá y cerró los ojos.

A su pesar, seguía reviviendo el horrible momento en el que su padre había dicho que había tenido la esperanza de que se casara con Griffin.

Griffin su marido. Increíble.

Era cierto que se cargaba de energía siempre que Griffin entraba en una habitación, pero sólo porque el maldito sabía bien cómo sacarla de quicio.

***

–Tengo un bombazo de noticia.

La mano de Griffin aferró el auricular.

Hacía más de dos semanas que había hablado con Ron Winslow, pero la voz del detective le hizo pensar de inmediato en Eva.

Como si no hubiera pensado ya bastante en ella.

–¿Qué tienes? –preguntó con voz serena, haciendo que su silla rodara desde el escritorio hacia el ventanal que tenía a su espalda.

–Newell es un listillo, sin duda… –Ron carraspeó.

–Me lo imaginaba.

–… pero no en el sentido en que te imaginabas.

–¿Qué quieres decir? –Griffin se tensó.

–Me refiero a que Romeo es infiel a Julieta.

Griffin maldijo entre dientes. No había esperado esa clase de información.

–Siempre has acertado, Ron, pero ¿estás seguro?

Al fin y al cabo, estaban hablando de la hija de Marcus Tremont. Ella se movía en círculos sociales muy exclusivos. Si su desaprensivo futuro prometido la estaba engañando, la noticia llegaría antes o después a la alta sociedad de San Francisco.

–Acabo de enviarte la información por mensajero –contestó Ron–. Hay un video, fotos sacadas con teleobjetivo e incluso… –Ron soltó una risita áspera– una grabación de audio. Lo que hagas con esa patata caliente, es asunto tuyo.

Griffin entendió perfectamente lo que quería decir Ron. Él mismo tendría que decidir qué evidencia compartía y con quién.

No le apetecía nada desvelarle la infidelidad de

Newell a Eva. Sobre todo porque en ese momento sólo podía pensar en partirle la cara al tipo.

–¿Cómo has descubierto que Newell se ve con otra mujer? –preguntó.

–Pura suerte –contestó Ron–. Empecé a seguirlo con la esperanza de descubrir algo interesante. Tras unos días eso me llevó a un restaurante de Berkeley, donde tenía una cita con una mujer tipo Jessica Alba.

Bastardo.

Griffin se preguntó si Newell tenía una mujer tipo. Eva no encajaba en la imagen Jessica Alba. Era más parecida a Rose McGowan o Katharine McPhee.

Comprendió que, al fin y al cabo, se trataba de eso. Eva no era el tipo de mujer de Carter. Sólo se sentía atraído por su dinero.

–Mientras Newell y la mujer tomaban una copa en la barra –siguió Ron–, soborné a uno de los camareros para que me dijera qué mesa tenían reservada. Tuve tiempo de colocar un micrófono en la pared antes de que se sentaran, y yo ocupé la mesa de al lado –soltó un resoplido–. No creerías la basura que tengo grabada.

Griffin pensó, cínicamente, que sin duda la creería, mientras visualizaba al relamido Carter. El problema iba a ser explicárselo a Eva.

–Después los seguí a un aparcamiento oscuro, tras un edificio de oficinas –continuó Ron con voz morbosa–. Newell ni siquiera se luce pagando una habitación de motel todas las veces.

–Fantástico.

No lo era en absoluto. Esa información le hizo preguntarse hasta qué punto estaban vacíos los bolsillos de Newell y adónde podía llegar su desesperación para casarse con una heredera.

–Tengo una grabación de vídeo y fotos de lo que pasó en el aparcamiento.

–¿Estás seguro de que no fue una aventura de una sola noche? –preguntó Griffin.

Si iba a destrozar el cuento de hadas de Eva, lo haría con seguridad. No quería que Newell pudiera alegar que había sido un error de juicio momentáneo.

–Sin duda, los he pillado en otros momentos –contestó Ron–. Estuvieron en un motel hace dos días.

–Maldición.

–También tengo evidencias de que Carter no tiene recursos y financia su estilo de vida mediante créditos bancarios –comentó Ron–. De hecho, debe de estar al borde de la ruina.

Griffin se alegró de enterarse de la verdad y también deseó retorcerle el pescuezo a Newell. Aunque sabía que Eva debía enterarse de que Carter era una víbora traicionera, no quería hacerle sufrir. Se mesó el cabello, nervioso.

–Ron, te agradecería que no dijeras nada por ahora, ni siquiera a Marcus, de lo que has descubierto.

–Como quieras.

–Estaré pendiente de tu envío –dijo con amargura, antes de poner fin a la conversación.

El envío de Ron llegó una hora después, justo a la hora de la comida, así que le pidió a su secretaria que no le pasara ninguna llamada.

Abrió el sobre y sacó un informe financiero, un sobre titulado «Fotos», un CD de audio y un DVD.

Examinó las pruebas con desagrado. Todo eso podía cambiar la trayectoria de la vida de Eva, a pesar de su aspecto inofensivo.

Echó un vistazo al informe financiero. Era tal y cómo había descrito Ron. Carter tenía un apartamento hipotecado en San Francisco y cuantiosos préstamos del banco. No era ningún Bill Gates, sin duda.

A continuación, abrió el sobre. Extendió alrededor de una docena de fotos sobre el escritorio.

Un par de ellas mostraban a un hombre que parecía Carter Newell en un aparcamiento, abrazando y besando a una sensual morena.

Otra foto los mostraba entrando de la mano a un restaurante. A juzgar por su lenguaje corporal, y por cómo la mujer se apoyaba en él, parecía obvio que eran bastante más que amigos.

Griffin miró el resto de las fotos. Parecía que Ron las había tomado otro día. Mostraban a la pareja encontrándose en un parque, abrazándose bajo un árbol y después besándose y acariciándose en un banco.

Las fotos eran una buena evidencia, pero no demostraban que Carter y la mujer hubieran llegado al punto de convertirse en amantes.

Griffin se sentó tras el escritorio e introdujo el DVD en el ordenador. Después se reclinó en la silla.

El vídeo empezaba tal y como había dicho Ron: un coche en un aparcamiento iluminado por farolas, que vibraba como si hubiera alguien moviéndose en su interior. Al rato, salían Carter, con el pelo alborotado, y una mujer a medio vestir. Carter ayudaba a la mujer con el cierre del sujetador y le estiraba el suéter. Mientras la mujer se cepillaba el pelo y se pintaba los labios, Carter la acariciaba. Después, subían al coche y éste arrancaba.

La segunda parte del DVD mostraba a Carter y a la morena llegando a un motel. A través de una ventana, se les veía en recepción, firmando la reserva. Después, la pareja subía a una habitación en la segunda planta.

Cuando el vídeo acabó, Griffin sacó el DVD del ordenador. Curvó los labios con desagrado. Por lo visto Carter se permitía el lujo de pagar una habitación de motel a veces. O quizá lo hacía cuando no tenía la obligación de volver con Eva y podía permitirse un encuentro sexual menos apresurado.

Bastardo.

Griffin puso el CD y volvió a recostarse en la silla. Pocos segundos después oyó a un hombre y una mujer conversando sobre un fondo de murmullos y ruidos.

Al principio la pareja hablaba de cosas banales, como la carta, pero cuando el camarero se marchó, la conversación adquirió un rumbo sexual.

La mujer se refería al hombre como Carter, y él la llamaba Sondra y, más a menudo, «nena».

Griffin movió la cabeza al oír cómo la mujer rememoraba su último encuentro sexual con Carter y se quejaba de no poder hacerlo más a menudo.

Pensó, asqueado, que si Carter no estuviera tan ocupado intentando atrapar a una heredera, la mujer tendría más posibilidades de contar con sus atenciones.

Siguió escuchando cómo Carter intentaba aplacar a su compañera asegurándole que pronto la llevaría de vacaciones a México, porque contaba con recibir un «dinerito» del que no podía dar detalles aún.

A Griffin empezó a hervirle la sangre. Estaba claro que el «dinerito» que esperaba Carter estaba relacionado con su próximo matrimonio. Y también que Carter no iba a contarle a su amante que estaba engañando a una heredera. No debía de querer arriesgarse a un posible chantaje en el futuro.

«Carter es historia», pensó Griffin. Si tenía la oportunidad de ponerle las manos encima...

La grabación continuaba a lo largo de la cena. Casi al final, Carter describía con todo detalle lo que deseaba hacerle a Sondra.

Cuando acabó, Griffin consideró sus opciones y ninguna le gustó.

¿Cómo podía transmitirle esa información a Eva? Ella lo odiaría de por vida, si no lo hacía ya.

Ese mismo día, más tarde, tuvo la mala suerte de encontrarse con Marcus cuando salía del despacho.

–¿Has sabido algo de Ron? –preguntó Marcus.

–Nada –contestó Griffin, sin pensarlo.

Pero segundos después se dio cuenta de que era la primera vez que había sentido la necesidad de mentirle a Marcus Tremont sobre un asunto importante.

Capítulo Tres

Eva se acurrucó en el sofá. Los auriculares inalámbricos le permitían hablar por teléfono con su madre mientras hojeaba una de las muchas revistas centradas en la vida social de San Francisco. Le gustaba mantenerse al tanto sobre lo que hacían sus clientes y las empresas que le hacían la competencia.

Era martes por la noche, una de esas noches en las que normalmente podía contar con relajarse.

Ser planificadora de fiestas implicaba vivir a un ritmo distinto al del resto del mundo. Podía relajarse entre semana, pero después el ritmo de trabajo se aceleraba. Solía pasar los fines de semana supervisando a sus empleados en eventos de recaudación de fondos para un museo, o almuerzos benéficos, para garantizar que todo salía tal y cómo lo había planificado.

Sin embargo, en ese momento estaba dedicando su tiempo de ocio a la planificación de su boda.

–¿Qué te parece Fairmont? –preguntó su madre.

–No estoy segura de que sea lo que estoy buscando…

Resultaba evidente que su madre imaginaba una boda para cientos de invitados: familia, amigos y relaciones profesionales y empresariales. El histórico hotel Fairmont, con elegantes salones de paredes doradas, encajaba bien con esa idea.

El problema era que Eva quería algo más intimo. Carter, en cambio, parecía querer lo mismo que su madre.

–Entonces, ¿qué tal el Palacio de las Bellas Artes? –inquirió su madre, nombrando otro elegante y habitual salón de bodas de San Francisco.

Eva suspiró.

–Te he oído –dijo su madre.

–¿Sí? –dijo ella, ausente.

–Es una pena que tu padre sólo tenga locales comerciales –dijo su madre con sarcasmo–. En este momento no iría nada mal tener un salón propio.

–Ni siquiera estoy segura de que papá vaya a asistir a la boda.

–Bah, ya se hará a la idea –dijo su madre, con su optimismo habitual–. Eres su única hija, y aunque a veces le cueste demostrarlo, te quiere de verdad.

Sonó el timbre de la verja exterior y Eva se preguntó quién podría ser. Vivía en Russian Hill, una zona poco urbanizada, y aunque tenía amigos en el lugar, no solían aparecer sin telefonear antes. Además, sabía que su mejor amiga, Beth Harding, estaba de viaje.

–Mamá, tengo que dejarte. Llaman a la puerta.

–Bueno. Te llamaré mañana para seguir haciendo planes para la boda.

–Me encanta que me ayudes –dijo ella. Eso era lo que había deseado: compartir uno de los momentos más importantes de su vida con su madre.

–Ay, sé que me echaré a llorar en cuanto te vea vestida de novia –dijo su madre, emocionada.

–Lo sé, mamá –Eva sintió que un nudo le atenazaba la garganta. Colgó y fue hacia la puerta.

En la planta baja de la casa había un garaje y trasteros; ella vivía en el primer piso, accesible mediante un tramo de escalera exterior, tras una verja de hierro.

Abrió la puerta. Abajo estaba la última persona que habría imaginado ver allí: Griffin Slater. Se tensó instintivamente.

–¿Puedo subir? –preguntó él.

Ella consideró las posibilidades: «Sí. No. Cuando las ranas críen pelo».

–¿Qué haces aquí? –preguntó con un tono más suspicaz de lo que pretendía.

–¿Me creerías si te dijera que estaba de paso? –replicó él, con voz irónica y divertida.

–No, la verdad –contestó ella, mientras bajaba la escalera para abrir, por pura cuestión de cortesía. Sabía que él vivía en Pacific Heights, no demasiado lejos, pero nunca se lo había encontrado en el barrio.

Se movían en círculos distintos. Ella era demasiado bohemia, un espíritu demasiado libre para el gusto de Griffin Slater, o al menos eso creía. No le habría extrañado enterarse de que él tenía sus citas sexuales programadas en su agenda.

No acababa de entender por qué era tan irritante. Sus hermanos eran gente agradable. De hecho, su hermana formaba parte de su círculo de amistades no íntimas.

Sin embargo, tenía la sensación de que abrirle la puerta a Griffin era como dejar entrar al lobo.

Como era habitual, llevaba un traje ejecutivo, camisa de espiguilla y corbata de rayas amarillas y azules. Ella tuvo la sensación de que su propio atuendo, la camisa malva y los pantalones color tostado que había llevado ese día al trabajo, era informal en comparación.

Abrió la verja y sus miradas se encontraron.

–¿Vas a invitarme a entrar? –preguntó él con una media sonrisa.

–¿Vienes por encargo de mi padre? –repuso ella, mirando el sobre que llevaba en la mano–. Si es así...

–Misión imposible –dijo él–. Ya lo sé.

Ella sonrió con serenidad. Por lo menos en ese sentido ambos tenían las cosas claras.

–Lo cierto es que vengo por una razón personal.

Eso, a su pesar, intrigó a Eva. No creía que Griffin y ella tuvieran nada personal que decirse, pero la curiosidad ganó la partida. Se dio la vuelta.

–Ven, sube –dijo. Mientras subía los escalones notó la presencia de él a su espalda. No entendía por qué era siempre tan consciente de él.

–¿Quieres beber algo? –le ofreció, cuando entraron al piso y cerró la puerta.

–No, gracias –contestó él.

Ella observó cómo miraba a su alrededor. El piso era casi diáfano. Desde la zona de entrada, con suelo de mármol, se veían el salón y el comedor. La cocina, con encimeras de granito y electrodomésticos de acero, estaba tras una barra con taburetes altos.

Vio cómo los ojos de Griffin se recreaban en el

ramo de flores frescas que adornaba la mesa. A ella le encantaban los adornos florales.

Como se sentía un poco nerviosa por su presencia en su piso, se alegró de que no hubiera más detalles personales a la vista. El dormitorio, la habitación de invitados, los dos baños y la terraza estaban en la planta superior.

–¿Le pasa algo a mi padre? –preguntó, inquieta por su inesperada presencia allí.

Griffin había dicho que no estaba allí por encargo de su padre, pero eso no quería decir que su padre no fuera la razón de su visita.

Su padre rondaba los setenta años y ella temía el día en que algo pudiera ocurrirle. Aunque la relación entre ellos a veces era muy tensa, lo quería. Y le preocupaba que él, por protegerla, le ocultara algún problema de salud hasta que se convirtiera en crítico.

–No, no te preocupes –contestó Griffin–. ¿Sabes qué estaba haciendo Carter hace dos noches? –espetó, con tono brusco.

–No –dijo ella, sorprendida–. ¿Por qué?

Griffin la escrutó, sin mover un músculo, pero esa misma rigidez la inquietó. Eva sintió un desagradable cosquilleo en el estómago.

–¿Por qué? –repitió.

–Carter Newell se acuesta con otra mujer a tus espaldas –los ojos de Carter la taladraron como rayos láser–. Estuvo con ella hace dos noches.

Ella lo miró confusa; pero un momento después el significado de lo que había dicho la arrasó como una ola destructora.

Movió los labios. Era incapaz de desviar la mirada, y de alguna manera, los ojos de Griffin eran lo único que la mantenía en pie. El pánico surcó su cuerpo como un rayo.

–¿Cómo...? ¿Cómo sabes eso? –consiguió decir, con una compostura que en absoluto sentía.

–¿Importa eso? –repuso él, metiéndose las manos en los bolsillos.

Parecía estar esperando la pregunta y eso hizo que ella sospechara.

–¿Cómo lo has descubierto? –preguntó, con voz más cortante–. Carter y tú no frecuentáis los mismos círculos.

Griffin se encogió de hombros.

–Mi padre te lo ha pedido, ¿verdad? –lo acusó. Como él seguía en silencio, insistió–: Contesta a la pregunta, Griffin. Eres un esbirro contratado, ¿no?

–Tu padre puso el tema en marcha al pedir mi colaboración, sí –admitió Griffin.

–Lo que estás diciendo es que te pidió que investigaras a Carter –dijo ella–. Dejémonos de eufemismos, ¿vale? Te pidió que contrataras al detective habitual de Tremont HI, ¿no?

Era un interrogatorio despiadado, y era obvio que a Griffin no le gustaba nada. Pero ella no sintió ninguna compasión. Dado que había aceptado ser el mensajero, se tenía merecido el castigo.

–¿Importa cómo lo descubrí? –preguntó Griffin.

–¿Le has dicho a mi padre que venías aquí?

–No le he dicho nada a tu padre –dijo él, con el rostro rígido como el granito–, ni siquiera lo que ha descubierto el detective. Pensé que tú debías enterarte antes.

–¿Un gesto de galantería, Griffin? –se mofó ella.

–Pensé que lo agradecerías.

–¿Agradecerlo? –le lanzó una mirada fulminante–. ¿Agradecer que investigues a mi prometido? ¿Agradecer que hayas seguido las órdenes de mi padre?

Él entornó los ojos y frunció el ceño.

–Claro que lo agradezco. Pero no sé a quién dar las gracias antes. A Carter, a mi padre o a ti.

–¿No estás obviando lo realmente importante?

–¿Y si te dijera que no te creo?

–Sabes que el detective me ha proporcionado las pruebas que sustentan lo que digo.

–Déjame verlas –ordenó ella, mirando el sobre. Extendió la mano para agarrarlo.

–No.

–¿No? –repitió ella, incrédula.

–Te dejaré ver parte. He traído fotos y un informe que demuestra que Carter no tiene un céntimo.

No dijo más, pero ella captó las implicaciones. Si Carter no tenía dinero y además la engañaba con otra, eso apuntaba a la única razón por la que iba a casarse con ella.

Odió llegar a la conclusión de que su padre había tenido razón. Si bien Carter había sugerido la posibilidad de redactar un contrato prenupcial de separación de bienes, había parecido muy aliviado cuando ella, estúpida romántica, había dicho que era innecesario. Y, hubiera o no acuerdo prenupcial, Carter habría disfrutado del estilo de vida que ella podía permitirse gracias a sus ingresos y a su asignación de fideicomiso.

Por si eso no fuera suficiente, se sintió, por segunda vez, beneficiaria de la equívoca galantería de Griffin. Pretendía impedir que viera las pruebas más sórdidas de la infidelidad de Carter.

–¿Intentas protegerme, Griffin? –lo retó–. ¿No te parece que es un poco tarde para eso?

–No actúas como una mujer que acaba de descubrir que su amor la engaña –dijo él, impasible.

–¿Estás cuestionando la fuerza de mis sentimientos por Carter?

Él la miró fríamente.

–Eres increíble, ¿sabes? Primero, haces que investiguen a mi prometido, después cuestionas mis sentimientos. ¿Tanto te gusta echar sal en las heridas?

–Me limito a expresar los hechos.

–¿Esperabas que me echara a llorar delante de ti? –espetó ella.

–Supongo que las lágrimas llegarán cuando se te pase el enfado.

Eso fue la gota que colmó el vaso. Dio un paso adelante e intentó quitarle el sobre, pero él fue más rápido. Apartó el sobre y ella chocó contra él.

Saltó para quitárselo, pero él era más alto y más fuerte.

–¡Maldito seas! –masculló entre dientes. Las lágrimas le quemaban los ojos. Por lo visto, su sino era que los hombres le amargaran la vida.

–Maldito soy –replicó él, con voz gélida.

–Nunca has sentido el aguijón del rechazo, ¿verdad? Oh, noooo, claro que no. Tú eres don Perfecto. Don Arreglatodo.

–No tienes ni idea de nada.

–Claro, me olvidaba –dijo ella, limpiándose una lágrima–. Eres un hombre. Tú no tienes que preocuparte de tu reloj biológico, ni de que tu madre tuviera menopausia prematura, ni de haber cumplido los treinta y acercarte a los treinta y cinco sabiendo que tu fertilidad puede acabar antes de lo que desearías.

Mientras le escupía eso a la cara, se dio cuenta de que él se había puesto rígido como una roca, helado.

–Ya nunca tendré un bebé.

Entonces, para su vergüenza, las lágrimas afloraron a sus ojos y empezaron a surcar sus mejillas.

Griffin dejó el sobre en la mesa y agarró sus brazos, mientras ella sollozaba con desconsuelo.

Posó la boca en la suya y la apoyó contra la pared.

Atónita, ella se quedó inmóvil.

Él asaltó su boca y ella se perdió en la sensación. Su cuerpo duro y fuerte se apretaba contra ella, y captó el aroma a jabón de su piel. La ira y la frustración fluyeron fuera de su cuerpo y le devolvió el beso.

Fue un beso brutal, una batalla de voluntades. Ella emitía sonidos que era una mezcla de gemidos de placer y gruñidos de frustración airada.

Griffin había invadido su casa, despojándola de toda coraza de protección, exponiendo su vulnerabilidad, para luego tener el descaro de besarla.

Intentó liberarse, pero él la sujetó con su cuerpo y alzó la mano para sujetar su cabeza e impedir que la moviera.

Su boca ardiente la devoraba y ella sintió que toda su piel chisporroteaba como puro fuego.

Finalmente, consiguió reunir los últimos retazos de pensamiento racional y apartó la boca de un tirón. Lo empujó con las manos y se libró de él.

Los sollozos de antes habían dado paso a una intensa ira. Todo lo que sentía en contra de su padre y de Carter se concentró en Griffin.

Confusa e inquieta por el beso, dijo lo primero que se le ocurrió para herirlo.

–¿Creías que estaría madura para caer en tus manos ahora que Carter ha demostrado ser infiel? –preguntó, temblorosa–. ¿Que estaría tan devastada como para...?

No terminó la frase. «Tan devastada como para plantearse aceptarlo a él».

–Créeme –masculló Griffin con expresión gélida–. «Devastada» es la última palabra que utilizaría para definirte.

Antes de que ella pudiera replicar, se dio la vuelta, fue hacia la puerta y salió. Se cerró a su espalda con un portazo.

Ella corrió a la ventana y lo vio salir y subir a su Porsche descapotable.

En ese momento se dio cuenta de que tenía dos dedos puestos en los labios... esos labios que aún sentían el impacto del beso de Griffin.

Capítulo Cuatro

Eva ya había hecho planes para cenar con Carter la noche siguiente.

Entró en el Club La Última Cena a las siete y cuarto. Pensó que, si se salía con la suya, ésa sería la última cena con Carter.

Llevaba puesto un pequeño vestido negro de Proenza Schouler. Lo había bautizado para sí como el «vestido del adiós».

Había telefoneado al restaurante para que le comunicaran a Carter que ella llegaría con retraso.

Encontró a Carter justamente donde esperaba. Ya estaba sentado, disfrutando de una copa de vino tinto y echando un vistazo a la carta. Su rostro se animó al verla.

–¡Eva! Me alegro de que hayas llegado.

Eva pensó que su alegría duraría bien poco. Se detuvo cuando llegó junto a la mesa, sin molestarse en tomar asiento.

Carter se puso en pie y Eva contempló el gesto con cinismo. Cuando conoció a Carter la habían impresionado sus modales corteses, pero en ese momento no parecían sino otro artificio de su falsa y bien construida fachada.

Lo miró de arriba abajo.

Llevaba una chaqueta de lino blanco crudo sobre una camisa azul claro, que acentuaba la palidez del color de sus ojos. Tenía el cabello rubio oscuro artísticamente revuelto.

Su apariencia le pareció demasiado perfecta, y Eva se insultó a sí misma por milésima vez en las últimas veinticuatro horas.

Pensó en lo dispuesto que había estado Carter a tener niños cuanto antes y se preguntó si había sido entusiasmo fingido. Sin duda, tener hijos en común le habría dado un acceso más sólido a su dinero.

Incluso el deseo de Carter de celebrar una gran boda le parecía sospechoso en retrospectiva. Una gran celebración habría supuesto una gran oportunidad de negocio para él, dado que la flor y nata de la sociedad de San Francisco habría asistido.

Carter estiró el brazo para apartar una silla, pero ella siguió de pie. Por fin, él captó su expresión y arrugó la frente.

–¿Algo va mal? –preguntó.

–Dime una cosa –espetó ella–. ¿Es verdad?

–¿A qué verdad te refieres?

–¿Estás viendo a otra mujer?

La expresión de Carter registró un instante de asombro, después se volvió impasible.

«Oh, es muy bueno», pensó ella.

–No sé a qué te refieres –contestó él con cautela, después su rostro se suavizó–. Eva, estoy comprometido contigo.

Llevó el brazo hacia ella, pero Eva lo evitó. Había contado con cierto retraso y ofuscación.

Sacó las fotos del bolsillo exterior de su bolso y las echó sobre la mesa. Observó cómo las contemplaba él.

Al principio, el rostro de Carter denotó sorpresa, luego inquietud y, finalmente, tensión.

Sin embargo, cuando alzó la mirada, ella comprendió que no estaba dispuesto a dejar el juego. Sus rasgos habían adoptado una expresión relajada y segura.

–Eva, puedo explicar…

–Hay más –lo cortó ella.

El día anterior, tras la marcha de Griffin, había abierto el sobre. Había extendido las fotos sobre la mesa del salón y las había mirado hasta que se le había embotado el cerebro. Mostraban a Carter con la curvilínea morena, y eran tan incriminatorias que se preguntó qué era lo que Griffin no le había permitido ver. Tal vez una cinta de vídeo.

Taladró a Carter con los ojos y, tras unos segundos, vio cómo dejaba caer los hombros.

–¿Quién te las ha dado? –exigió él.

–¿Importa eso? –replicó ella.

Sabía que sonaba exactamente igual que Griffin el día anterior, al quitarle importancia al origen de las fotos, pero le daba igual.

–Tu padre –adivinó Carter.

–Griffin Slater –replicó ella.

La satisfizo contradecirlo. Técnicamente hablando, era Griffin quien le había entregado las fotos.

–¿El tipo que conocí en la fiesta en casa de tus padres hace unos meses? ¿El director ejecutivo de Tremont HI? –Carter frunció el ceño.

Ella asintió.

–Siguiendo órdenes de tu padre, seguro –adivinó Carter.

Ella no contestó, pero cerró los puños.

–Tu padre siempre me ha odiado –dijo él esbozando una sonrisa seca–. Me la tenía jurada desde el primer momento.

–¿Eso es todo? ¿Es cuanto tienes que decir?

–¿Qué quieres que diga, Eva? –Carter la miró con expresión fría.

–¡Me estabas engañando! Me mentiste… ¡Me traicionaste! –le lanzó ella–. ¿Pensabas seguir con ella durante la luna de miel y el resto de nuestro matrimonio?

–Eva, estás haciendo una escena –dijo Carter, mirando a su alrededor.

–¡Me importa un cuerno!

–Este lugar no es adecuado para esta discusión.

–Pues a mí no se me ocurre ninguno mejor –replicó ella antes de llegar al grano–. ¿Por qué ibas a casarte conmigo, Carter?

Él tardó un momento en responder. Después, sus ojos adquirieron un brillo calculador.

–¿Qué me dices de tus motivos para casarte conmigo? Un bebé.

–Yo fui clara respecto a mis intenciones reproductoras, Carter –protestó ella–. Eso no puede considerarse engaño o traición.

Ella había creído que iba a casarse con Carter por las razones correctas. No sólo porque deseara tener un hijo. Pero ¿y si no había sido así?

–Además, está el asunto de engañarme con Griffin Slater.

–¿Qué?

–No me pidas que crea que no hay nada entre el director ejecutivo y tú. Un tipo no aparece con evidencias comprometedoras como ésas si no tiene muy buenas razones. Y vi cómo te observaba en la fiesta de tus padres.

Ella abrió los ojos de par en par.

Era increíble. Carter estaba dando la vuelta al asunto, haciendo que pareciera que era ella quien tenía la obligación de defenderse.

–Incluso si Griffin Slater actuaba como esbirro de tu padre –continuó Carter–, podría haberle entregado la evidencia a él, en vez de ir en persona a consolar a la devastada heredera.

El tono de Carter era burlón y en la mente de Eva reverberaron las palabras que había dicho su padre: «cazaherederas».

De repente vio a Carter como lo que era, una moneda de cobre que alguien hubiera sumergido en ácido. El oro de los tontos.

Entonces hizo lo único que estaba segura de que quitaría el brillo a esa moneda.

–Oh, yo no diría que «devastada» sea la palabra adecuada, en absoluto –agarró la copa de vino que ya estaba servida para ella y lanzó su contenido al rostro de Carter–. «Colérica» es mucho más apropiada.

Carter enrojeció al bajar la cabeza y ver su anteriormente prístino atuendo salpicado de vino.

–¿Por qué diablos has hecho eso?

–Para equilibrar la balanza –contestó ella con satisfacción, aunque sabía que su venganza quedaba muy lejos de lo que él le había hecho.

Giró sobre los talones y se marchó, ignorando las miradas de los comensales y los camareros.

Casi oía el ruido que hacían los óvulos de sus ovarios al envejecer con cada paso.

Comprendió que había estado muy equivocada. El trabajo no era la amante de Carter, pero otra cosa sí; de hecho, otra mujer.

Se preguntó con amargura cómo no había visto lo que era Carter en realidad. Tal vez su desesperación por tener un hijo la había cegado, cerrándole la puerta a su intuición.

Como planificadora de fiestas profesional, se enorgullecía de su capacidad de entender a la gente.

Cruzó la calle y fue hacia su coche con expresión de disgusto. Había sido traicionada por Carter, engañada por su padre y recibido el último golpe de manos de Griffin. Debería lavarse las manos del resto de los representantes del sexo masculino y recluirse en un convento.

Era increíble que Carter hubiera intentado darle la vuelta a la conversación sugiriendo que había algo entre Griffin y ella.

Su mente rememoró el sorprendente beso que Griffin le había dado en su piso. Se había quedado inmovilizada, estupefacta por la pasión que se agazapaba bajo la impasible fachada exterior de Griffin.

Por primera vez, había captado que había algo indómito, salvaje, en él. Como si debajo de las corbatas, trajes a medida y esmóquines, hubiera un hombre esperando para devorarla.

Y cuando se marchó, vio por la ventana que conducía un Porsche; no era el automóvil que había esperado de un hombre que consideraba serio y anodino.

Desde el día anterior, cuando su mente aún no estallaba de ira hacia Carter, había pensado en por qué la había besado Griffin.

Había decidido, porque era la única explicación que tenía sentido, que el beso sólo había sido una demostración de poder de Griffin. Había puesto fin a sus protestas e insultos de la manera más rápida y eficaz posible.

No podía ser que Griffin se sintiera atraído por ella. Siempre se habían llevado mal.

Además, incluso si, por improbable que fuera, Griffin deseaba darse un revolcón con ella, no habría tenido nada que ver con sentimientos. Sería por cuestión de sexo o por motivos ulteriores.

Y lo último que necesitaba en su vida en ese momento, era otro hombre con motivos ulteriores.

–La boda queda cancelada –afirmó con tono ecuánime–. Quería decíroslo en persona.

Era una de las admisiones más dolorosas de su vida. Pero sabía que les debía a sus padres darles la noticia ella misma, antes de que llegaran a sus oídos rumores y cotilleos al respecto.

–¡Oh, Eva! –exclamó su madre, corriendo a abrazarla.

–¿Estás bien? –preguntó su padre inquieto, aunque su rostro expresaba un gran alivio.

Eva había conducido hasta Mill Valley directamente desde el Club La Última Cena. Había encontrado a sus padres en la sala de estar, donde se habían recluido después de cenar. Le había dolido ver que su madre hojeaba una revista para novias. Su padre veía las noticias en la televisión.

Eva se apartó del abrazo de su madre y se encaró a su padre.

–Deberías estar contento. Carter no será tu yerno.

–Contento no describe lo que siento en este momento.

–¿Jubiloso?

–¿Qué ha ocurrido?

–¿No te lo ha contado Griffin? –preguntó ella, simulando sorpresa–. ¿No se supone que el esbirro le comunica las noticias a su jefe antes que a nadie?

Aunque Griffin le había dicho el día anterior que le había llevado las pruebas a ella en primera instancia, la sorprendió que no hubiera telefoneado a Marcus después. Se había marchado antes de que ella tuviera tiempo de pedirle que le dejase darle la noticia a su padre ella misma.

–No ha dicho nada –dijo él. Tuvo la delicadeza de aparentar cierta incomodidad.

–Me sorprende, dado que le ordenaste que investigara a Carter –comentó Eva con frialdad.

–En primer lugar, nadie ordena a Griffin…

–¿Eso es verdad, Marcus? –interrumpió la madre de Eva, con expresión atónita.

–¿Qué otra cosa podía hacer, Audrey? –Marcus se volvió hacia su esposa–. Iba a entrar en nuestra familia mediante el matrimonio. Y no deberías protestar; Eva acaba de admitir que yo tenía razón.

–¿Razón sobre qué? –preguntó ella.

–Sobre que Carter quería casarse conmigo por mi dinero, mamá –admitió Eva con un suspiro.

–¡Oh, Eva! Lo siento mucho.

Su padre farfulló unas cuantas palabrotas.

Eva no quiso decir que, además, Carter la engañaba con otra. El silencio de Griffin le había otorgado esa opción, y no iba a desperdiciarla.

–¿Qué quieres que le digamos a la gente, Eva? –preguntó su madre con voz queda.

–Simplemente que Carter y yo hemos decidido romper. Nada más.

Había pensado sobre el tema mientras conducía hacia casa de sus padres y había comprendido que había muy pocas personas con las que quisiera compartir toda la verdad.

Afortunadamente, dado que su compromiso con Carter aún no era oficial puesto que no había habido anillo, fiesta, ni nota de prensa, tampoco habría muchas preguntas. Además, estaba segura de que Carter no tendría ningún deseo de admitir que la heredera de la fortuna Tremont lo había dejado porque la engañaba con otra.

–Me he librado de Carter –dijo Eva, mirando a

Marcus con frialdad–, pero tú eres mi padre y eso no puedo cambiarlo.

Su padre se quedó paralizado.

–Sólo he venido a decirte –siguió ella– que no vuelvas a inmiscuirte en mi vida.

–Evangeline…

–Y menos utilizando a alguien como Griffin Slater.

–Nunca he entendido tu aversión por Griffin –su padre movió la cabeza.

–La verdad, yo tampoco la entiendo muy bien –esbozó una sonrisa sarcástica–. Al fin y al cabo, me ha hecho un favor asumiendo el papel de heredero de Tremont HI que yo no desearía…, o más bien –hizo una pausa–, yo no tendría capacidad de asumir, ¿no?

–Nunca he dicho que no tuvieras capacidad.

–No ha hecho falta –puntualizó ella.

Su padre le dirigió una mirada tormentosa, mientras que su madre parecía sencillamente desconsolada.

–La razón de que nunca te presionara con respecto a Tremont HI –explicó su padre–, es que quería que eligieras tu propio camino y cumplieras tus sueños.

Esa admisión fue como un bálsamo para los sentimientos heridos de Eva. Aun así, no estaba dispuesta a perdonar a su padre con respecto a Griffin.

–Puede que nunca me hayas presionado sobre Tremont HI, pero disfrutas presionándome en todo lo relativo a Griffin –lo acusó.

–Pero no lo hago por Tremont HI –afirmó su padre con testarudez–, sino porque es un buen hombre.

–Dejadlo, los dos –intervino su madre, volviendo la cabeza hacia ella–. Eva, espero que pases aquí la noche. No me gusta la idea de que estés sola en estos momentos tan difíciles.

Eva agradeció la invitación de su madre, pero aún tenía algo más que decirle a su padre.

–Pues quiero que una cosa te quede muy clara: Griffin Slater es el último hombre del mundo con el que estaría dispuesta a casarme.

Le pareció una buena frase final. Sobre todo porque el riesgo de tener que tragarse sus palabras era inexistente.

Capítulo Cinco

Habían pasado dos días desde que Griffin fue a ver a Eva a su piso. En ese momento estaba en su despacho; alzó la cabeza y vio a Marcus en la puerta.

Normalmente no llamaba la atención que Marcus apareciera por las oficinas de Tremont HI y Evgat. Sólo estaba semijubilado y pasaba por allí con cierta frecuencia.

Pero Griffin lo conocía lo suficiente para no pensar ni un segundo que su presencia allí ese día era algo casual y sin importancia.

–Menudo bastardo, ese Newell –casi ladró Marcus, cerrando la puerta a su espalda.

Griffin pensaba exactamente lo mismo.

–Aun así, me alegra que Eva haya cancelado la boda.

Griffin dejó que la noticia lo acariciara como una brisa de aire fresco un tórrido día de verano. Por mucho que se hubiera enfadado Eva, al menos había tenido el sentido común suficiente para librarse de Carter.

–Y a mí me alegra que te estés concentrando en lo realmente importante, el resultado final –se puso en pie y salió de detrás del escritorio.

–Eva dice que Ron encontró pruebas de que Carter quería casarse con ella por dinero –comentó el hombre mayor.

–Sí –afirmó Griffin, sin saber qué parte de la información había revelado ella.

–¿Cómo llegó a esa conclusión?

Griffin se esforzó por alzar los hombros con gesto de indiferencia.

–Lo habitual. Un perfil financiero que demostraba que Carter vive de prestado. Algunas conversaciones interesantes, grabadas en cinta.

Dado que Marcus no había dicho nada de que Carter estuviera engañando a Eva con otra, Griffin decidió no mencionar ese tema.

Marcus asintió con conformidad. No daba la impresión de querer oír más detalles.

Griffin no lo culpó por ello. Desearía no conocer los detalles él mismo. Suponía que la situación sería aún más incómoda para Marcus, dado que Eva era su hija y única heredera.

–Le di la noticia a Eva antes –explicó Griffin, sin mencionar cuándo había recibido la información de Ron– porque me pareció que tenía derecho a oír la información antes que nadie. Imaginé que preferiría decírtelo a ti ella misma.

–Te agradezco que dieras la cara por mí, Griffin –el hombre esbozó una sonrisa amarga–. Eva seguramente desearía freírnos vivos a los dos, así que me alegro de que, al menos, fuera la primera en enterarse. No tiene sentido saltar de la sartén para caer al fuego, ¿eh?

–Tú aférrate a ese pensamiento.

–No es el único al que me aferro –siguió el hombre mayor–. Eva le contó a su madre que le lanzó una copa de vino a la cara a Newell cuando se enfrentó a él.

A Griffin lo complació saber que Eva había reaccionado con las agallas que él sabía que poseía, en vez de lloriquear por Newell.

Se preocupaba por ella, a pesar de que a veces lo sacaba de quicio. Era esa preocupación lo que finalmente le había llevado a reconciliarse con la idea de hacer que investigaran a Newell.

Y también era la razón de que la hubiera besado en su piso o, al menos, eso se decía a sí mismo.

Era preferible que ella pensara que era despreciable, y que había aprovechado un momento de vulnerabilidad para arrancarle un beso inexplicable. Al menos eso había impedido que derramase más lágrimas innecesarias y se dejara dominar por el dolor de un corazón herido.

Poco después de que Marcus se marchase del despacho, sonó el teléfono de Griffin.

Alzó el auricular y oyó una voz risueña al otro lado de la línea.

–Justo donde esperaba encontrarte, atado a tu escritorio. ¿Sigues trabajando sin descanso?

Griffin se frotó la nuca. Siempre era agradable hablar con su hermano.

–Sólo estoy moviendo piezas por el tablero de Monopoly –bromeó–. ¿Cómo te van las cosas en el quirófano, hermano?

–Cuando has visto un apéndice inflamado, los has

visto todos –rió su hermano–. Pero no es por eso por lo que llamo.

–Ah, ¿no?

–Tessa está embarazada.

–Santo cielo –simuló un gruñido de horror–. Tú convirtiéndote en padre.

–Viniendo de ti, me lo tomaré como un cumplido –replicó su hermano.

–Enhorabuena, en serio –Griffin sonrió de oreja a oreja–. Es una noticia fantástica.

–Gracias. Estamos encantados.

–Primero Mónica y ahora tú. Al menos Mónica y tú tendréis algo en común por una vez en vuestra vida.

–Acabas de hacerme temblar –rió Josh.

Mientras su hermano y él charlaban sobre el embarazo de su cuñada, y lo emocionante que era la situación, la mente de Griffin se trasladó a lo que había dicho Eva cuando fue a comunicarle la traición de Carter.

«Ya nunca tendré un bebé».

Había dado vueltas a esas palabras toda la noche anterior.

Él había pretendido protegerla de un traicionero cazafortunas. No había sido consciente de que también estaría lanzando una bomba sobre sus planes de ganarle la partida a su reloj biológico.

Pero, diablos, Eva sólo tenía treinta y dos años. Montones de mujeres tenían a su primer hijo en la treintena, sobre todo en los últimos tiempos.

Había consultado «menopausia prematura» en Internet la noche anterior y había descubierto que se refería a mujeres que iniciaban la menopausia en la treintena, o incluso entre los veinte y los treinta años de edad. Por lo visto, algunas mujeres tenían predisposición genética a dejar de tener el periodo a muy temprana edad. Dado lo que Eva había dicho de su madre, había llegado a la conclusión de que era una de ellas.

–Eh, Griffin, ¿sigues ahí? –preguntó su hermano con tono exasperado, pero divertido al mismo tiempo.

Griffin comprendió que había dejado de prestarle atención.

–Sí, disculpa –contestó–. Escucha, Tessa y tú deberíais venir a San Francisco de visita pronto. Lo celebraremos. De hecho, había estado pensando en dar un cóctel para algunos compañeros de negocios dentro de unas semanas. Sería fantástico que Mónica y tú vinierais, acompañados por vuestros cónyuges.

–Tendré que revisar nuestra agenda –contestó Josh–, pero estoy seguro de que a Tessa le encantaría viajar tanto como pueda antes de que el médico se lo prohíba, en los últimos meses de embarazo.

–Excelente.

–Has decidido darle uso a esa enorme casa que tienes, ¿eh? –se burló su hermano–. Me preguntaba qué hacías aparte de pasearte por ella.

–La conservo para todos los sobrinos y sobrinas que me daréis Mónica y tú –contestó él con condescendencia.

–Ya, seguro –su hermano resopló–. Algún día tus orgías secretas saldrán a la luz y nos enteraremos.

Era una broma habitual entre ellos. Pero lo cierto era que Griffin había dedicado su vida a perseguir una sola ambición desde la muerte de sus padres.

Cuando acabó la conversación con Josh, Griffin hizo girar la silla para mirar por la ventana.

Se alegraba por su hermano, pero le había hecho pensar en el problema de Eva. El problema que él había ayudado a provocar.

«Ya nunca tendré un bebé».

Durante años, la atracción que sentía por Eva había sido una especie de irritación menor; como un picor que conseguía soportar sin rascarse si hacía un esfuerzo.

Y se había esforzado. Se había concentrado en crear su propia empresa y en actuar como figura paterna para sus hermanos menores.

Lo último que necesitaba en el mundo era involucrarse con la hija de su mentor y las complicaciones que se derivarían de algo así.

Pero ya que había llegado a la cima de la montaña que se había propuesto escalar, había podido hacer una pausa y mirar a su alrededor; eso lo había llevado a comprender que tal vez llevaba demasiado tiempo luchando contra la atracción que sentía por Eva.

Había estado a punto de perderla a manos de un sinvergüenza aprovechado como Newell.

Era obvio que Eva no tenía la capacidad de tomar decisiones sensatas con respecto a los hombres y, por todos los diablos, si estaba dispuesta a conformarse con Newell, también lo estaría a conformarse con él.

***

Griffin escrutó la multitud que llenaba la terraza y el jardín; reconoció a la mayoría de los invitados como asistentes habituales a los eventos celebrados por la alta sociedad de San Francisco. Suponía que Eva conocía a la mayoría; a algunos de ellos, seguramente desde sus años de colegios privados y academias exclusivas.

Unas semanas antes había recibido una invitación para asistir a esa fiesta temática, centrada en los años treinta, que celebraban Beth Harding y su marido, Oliver Harding, un magnate de Silicon Valley, en su finca de Palo Alto.

Inicialmente había optado por no asistir, a pesar de que Oliver y él se conocían bastante porque ambos eran miembros de un par de juntas directivas.

Sin embargo, poco antes de tener que dar su contestación oficial, había cambiado de idea. Sabía que Beth era buena amiga de Eva, y Marcus había mencionado unas semanas antes que Eva era la planificadora del evento.

No veía a Eva desde la semana anterior, cuando le había dado la desagradable noticia de la infidelidad de Carter, y quería retomar el contacto.

Así que allí estaba, sintiéndose levemente ridículo con un traje típico de época, formado por chaqueta tres cuartos, con hombreras, y pantalones de pierna estrecha, que había comprado en Internet.

Cuando llegó, la fiesta ya estaba en pleno apogeo.

Oliver le había presentado a Noah Whittaker, que visitaba Silicon Valley en viaje de trabajo, representando a la importante empresa informática Whittaker Enterprises; había pasado un buen rato hablando de negocios con el empresario de Boston.

También había averiguado, gracias a Oliver, que Eva estaba circulando entre los invitados cuando no se encontraba dirigiendo operaciones en la cocina. Por lo visto estaba cumpliendo funciones de profesional contratada así como de invitada a la fiesta.

Se llevó la copa a los labios y volvió a escrutar la multitud; por fin la vio.

El ritmo de su corazón se aceleró.

Llevaba un vestido negro y recto, de cigarrera. La diminuta falda le llegaba a medio muslo, descubriendo unas esbeltas piernas que no parecían terminarse nunca. Unas medias de red y sandalias abiertas de plataforma completaban su atuendo.

De su cuello colgaba una pequeña bandeja, atada por unas cintas de raso.

«Muy apropiado», pensó Griffin, mientras el deseo le inflamaba la sangre.

Era la primera fiesta organizada por Eva a la que asistía. En ese momento se preguntó si se habría precipitado al juzgar y despreciar su negocio, y lo buena que era en él.

Dejó su copa en la bandeja de un camarero que pasaba. Después se encaminó hacia ella.

Eva no notó su presencia, pero llegó a su lado justo cuando ella empezaba a andar en dirección opuesta.

–¿Estás asegurándote de que todo va bien? –preguntó, antes de que se alejara demasiado.

Ella giró en redondo.

Sus ojos se abrieron de par en par y luego se estrecharon con suspicacia.

–Supongo que te refieres a mi vida profesional. Porque, como sabes, mi vida personal es todo un caos en este momento.

Él hizo un gesto afirmativo con la cabeza, aceptando el comentario. Ella lo miró de arriba abajo.

–¿Qué? ¿No tiene mas fotos sensacionalistas? –lo picó–. ¿No traes más pruebas?

–He oído que has dejado a Carter.

–Por boca de mi padre, sin duda.

–Pero no le explicaste todas las razones, por lo que parece.

–¿Te decepciona que me haya librado del agravio final? –preguntó ella, ladeando la cabeza.

–Yo no diría eso. Se me ocurren cosas mucho peores que…

–¿… que decirle a mi padre que tenía toda la razón del mundo? –terminó ella, burlona–. ¿Y que además Carter me engañaba con otra?

–A tu padre le importas mucho, Eva.

Notó que los ojos de ella brillaban con emoción inesperada.

–Sí, lo sé, pero a veces eso no ayuda nada –dijo ella un momento después–. Ahora, si me disculpas, tengo trabajo que hacer.

–La fiesta está llegando a su fin –arguyó él, estirando el brazo y poniendo la mano en su codo.

–Quítame la mano de encima –dijo ella, mirando con desagrado su codo.

Él ignoró su orden.

–Los dos sabemos que eres tanto invitada como cualquier otra cosa, y a estas alturas de la noche tu trabajo está básicamente hecho. Puedes dedicarme unos minutos.

–Lo te rindes, ¿verdad? –preguntó ella con exasperación.

–En algún momento llegarás a apreciar que es una de mis mejores cualidades –dijo él, curvando los labios hacia un lado.

–Lo dudo. Aunque, pensándolo bien, si tenemos en cuenta las escasas buenas calidades que posees, tal vez no sea una idea tan ridícula.

–¿Vas a seguir ahí de pie, lanzándome dardos envenenados, o podemos hacer un aparte y charlar durante unos minutos?

–Me sorprende que hayas tardado tanto tiempo en buscarme –dijo ella, arqueando una ceja.

–No eres una mujer demasiado accesible.

Había llegado tarde a la fiesta a propósito, porque su asistencia tenía un único objetivo.

–De acuerdo –aceptó ella–. Sígueme.

La siguió sorteando a los invitados. Algunos de ellos intentaban atraer a atención de Eva o de él, pero Eva estaba empeñada en no detenerse más de unos segundos, y él tampoco quería que detuvieran su progreso.

Eva entró en la cocina. Se quitó la bandejita que colgaba de su cuello. Varios empleados se ajetreaban a su alrededor, entrando y saliendo con bandejas de comida.

Griffin vio gánsteres, coristas, oficinistas y, sí, también chicas cigarreras.

–Dispara –Eva se cruzó de brazos.

–Estaba pensando en un lugar un poco más privado –apuntó él, mirando a su alrededor de nuevo.

–Pues peor para ti. Sólo tengo tiempo para esto.

Él la escrutó y comprobó que tenía los rasgos tensos y cansados. Como si no hubiera dormido bien últimamente.

Maldijo a Carter Newell en silencio, y también se maldijo él mismo por su intervención personal al mostrarle a Eva las transgresiones de Newell.

–Soy el creador de este problema –apretó los labios.

–¿Qué problema? –Eva arrugó la frente.

–La ruptura de tu compromiso.

–Mira, Griffin –Eva abrió las manos–, ya sé lo que dije la semana pasada, pero soy una mujer adulta. Ahora que he superado el disgusto inicial, sé que no debo culpar al mensajero…

–No hablo de Carter –interrumpió él.

–Bueno, ¿pues de qué hablas entonces?

–Hablo de haber estropeado tus planes de ganarle la partida a tu reloj biológico.

–En fin… eso ha sido una consecuencia indeseada –ladeó la cabeza.

–¿Qué vas a hacer? –preguntó él directamente. El tema llevaba preocupándolo desde la semana anterior. Y mucho.

–Aún no lo sé –ella suspiró, con expresión cansada y vulnerable.

–Ven a cenar conmigo mañana por la noche –ofreció él, sin más preámbulos.

Los ojos de ella se abrieron un poco, como lagos de ámbar dorado.

–No puedo.

–¿Por qué no? ¿Tienes que trabajar?

–No… hoy es la única noche que trabajo este fin de semana.

–Entonces cena conmigo.

–¿Por qué? –preguntó ella con suspicacia–. ¿Para que puedas hacerme una emboscada y ofrecerme más noticias desagradables?

–Eso es injusto. Sabes que no lo haría.

–¿Por qué entonces?

Él se encogió de hombros y metió las manos en los bolsillos.

–Puede que me interese solucionar tu problema.

–¿Qué? –esa vez abrió lo ojos de par en par.

–Tú quieres un bebé y yo soy el tipo que provocó el problema al que te enfrentas –aseveró él.

Ella dejó escapar una risita incrédula.

–¿No crees que tu jefe pondría mala cara si dejaras embarazada a su hija? –le preguntó con descaro. Él tuvo que controlar una sonrisa.

–En primer lugar, tu padre en realidad ya no es mi jefe. En segundo, me ofrezco a hacer las cosas bien. Matrimonio.

Ella se quedó atónita, pero recuperó la compostura rápidamente.

–¿No es un poco excesivo ofrecerse voluntario a arreglar las cosas de esa manera?

–¿Por qué no dejas que sea yo quien se preocupe de eso?

–No hay chispa entre nosotros –ella entreabrió los labios.

–No estoy de acuerdo.

Las palabras quedaron flotando en el aire, y él supo que Eva estaba recordando el beso que habían compartido en su piso; él tampoco había sido capaz de olvidarlo.

–Griffin, sé serio –dejó escapar una risita forzada.

–Lo soy –respondió él, deteniéndola con el brazo cuando intentó salir.

Ella lo miró, muda.

–¿Por qué no nos besamos para comprobarlo?

Un destello de alarma iluminó los ojos de Eva.

–No pienso...

–Eso es, no pienses –replicó él.

Y antes de que pudiera decir nada más, la rodeó con sus brazos.

Capítulo Seis

Cualquier esperanza que hubiera podido tener de considerar el abrazo de la semana anterior una aberración, se evaporó con el calor de su beso.

Chisporroteó en su terminaciones nerviosas, bailoteó por la superficie de su piel y luego se condensó en una corriente de deseo entre sus piernas.

Griffin puso una mano en su nuca, ladeó la boca y profundizó en el beso, invadiéndola con su lengua.

Ella sintió la presión de su cuerpo duro como la roca, y su boca sabía a vino y a hombre.

Eva pensó, vagamente, que era como ser consumida. Sentirse desenvuelta, expuesta y disfrutada con pasión.

Gimió en lo más profundo de su garganta... y un segundo después oyó un silbido de ánimo. Volvió bruscamente a la realidad.

Apartó a Griffin y vio la expresión divertida de dos de los camareros, que observaban.

Era obvio que Griffin y ella estaban ofreciendo un espectáculo gratuito.

Apretó los labios. Debería estar dando ejemplo a sus empleados, no comportándose como una adolescente.

–Ven conmigo –le dijo a Griffin, poniendo una mano en su brazo.

Sabía que había un estudio al otro lado del pasillo, frente a la cocina, y seguramente estaría vacío. Lo condujo hasta allí y, una vez dentro, cerró la puerta a su espalda.

Las lámparas que había sobre la mesa emitían una cálida luz amarillenta, que iluminaba suavemente el sillón de cuero burdeos y el sofá gris que había frente a la chimenea.

–¿Tu actuación de hoy es parte de un cuidadoso plan para arruinarme la vida? –le preguntó a Griffin, enfrentándose a él.

Él enarcó las cejas con expresión tranquila.

–Veamos –ella empezó a contar con lo dedos–. La semana pasada me informaste de que mi prometido me engañaba. Esta semana, me agarras y me obligas a protagonizar una escena de adolescentes ante mis empleados.

Él tuvo la poca decencia de curvar los labios con una sonrisa.

–Necesitaba conseguir tu atención –dijo él–. Y tuve éxito.

–Tengo otras opciones, supongo que lo sabes –dijo ella, ignorando el curioso cosquilleo que sentía en el estómago.

La conversación resultaba ridícula. Le costaba creer que estuviera discutiendo la posibilidad de concebir un hijo con Griffin Slater.

Era una proposición tan increíble que le resultaba difícil encontrar una forma lógica y cuerda de rechazarla. Así que en vez de hablar de los problemas obvios, tales como su absoluta incompatibilidad, decidió utilizar el argumento más directo.

–Hoy en día es posible comprar un vial de esperma en Internet –dijo, mirándolo con frialdad–. ¿Para qué iba a necesitarte a ti cuando tengo la posibilidad de quedarme embarazada por mis propios medios?

–¿De verdad quieres ser madre soltera? –preguntó él.

Ella pensó que lo que quería de verdad era que la amasen por sí misma, pero controló ese pensamiento.

–Puedo hacer que congelen algunos de mis óvulos hasta que conozca a la persona adecuada.

–La tecnología de congelación de óvulos aún es bastante experimental. Además, podrías tener que esperar años para ser madre.

A ella le sorprendió que estuviera al tanto respecto a la congelación de óvulos, pero supuso que habría leído un artículo en algún sitio.

–Yo sería un padre para tu hijo. Para nuestro hijo –continuó él–. Hoy. Mañana.

Eva lo maldijo internamente. Le estaba ofreciendo cuanto deseaba en una bandeja de plata. Bueno, casi todo.

Se le encogió el corazón y, automáticamente, buscó una forma de protegerlo. Últimamente su corazón estaba siendo muy maltratado.

–¿Qué ganarías tú con eso? –preguntó con suspicacia.

–Con un poco de suerte, tendré un hijo… un hijo que algún día heredará Tremont HI.

–¿En qué te diferenciarías de Carter en ese caso?

–preguntó ella con el ceño fruncido–. Él tenía motivos ocultos que suponían echar mano al dinero de Tremont HI, y tú eres igual.

Él la miró como si lo hubiera insultado.

–En primer lugar, estoy siendo sincero contigo. Nuestro matrimonio supondría ventajas para ambos. En segundo lugar, no quiero Tremont HI para mí –encogió los hombros–. Pero me alegraría que un hijo nuestro heredara la empresa.

A ella la sorprendió que no adujera que tenía derecho a una parte de Tremont HI porque había contribuido a su éxito; tuvo que admitir para sí que eso era un punto a su favor.

Al mismo tiempo, era consciente de que debía marcharse inmediatamente, porque su dolido corazón no podía soportar más castigo.

Había dedicado toda su vida a crearse una identidad propia, que fuera independiente de la «heredera Tremont», hija del magnate inmobiliario Marcus Tremont. Había sido un esfuerzo fútil, y odiaba los momentos en los que tomaba consciencia de ello; y más aún en el que se encontraba.

–Tengo que regresar –dijo, llevando la mano al pomo de la puerta.

–Eva... –Griffin dio un paso hacia delante y la miró con fijeza.

Justo entonces, se abrió la puerta y ella dio un paso atrás y soltó el pomo.

Uno de sus empleados, disfrazado de médico de los años treinta, incluyendo espéculo y tirantes, apareció en el umbral.

–¡Aquí estás! –dijo–. Hemos estado buscándote. Sue necesita saber dónde está el otro congelador de Beth Harding.

–Tengo que irme –dijo ella, lanzando una última mirada de reojo a Griffin. Salió de la habitación.

No estaba huyendo… o al menos intentó convencerse de que no lo hacía.

–Él, ¿qué? –preguntó Beth Harding, atónita.

–Me propuso matrimonio –repitió Eva. Decir las palabras no hacía que parecieran mucho más reales.

Se recostó en los almohadones del sofá y dejó la taza de café en la mesita auxiliar. Aún estaba en pijama; se había permitido el lujo de dormir hasta tarde el día después de la fiesta de los Harding.

–Pues sí que trabaja rápido –Beth se rió–. La semana pasada se libra de tu prometido, ¡y esta semana se declara!

–En cierto sentido.

Le había contado a Beth la traición de Carter y el papel que había jugado Griffin descubriéndosela. No había mencionado el beso que había compartido con Griffin en su piso porque lo consideraba una aberración.

Pero no había forma de obviar una propuesta de matrimonio como si fuera una anomalía o algo imaginario… aunque lo había intentado la noche anterior. Si hubiera tenido éxito, habría sido capaz de controlar la extrañas tentaciones que sentía.

Cuando Beth telefoneó para comentar cómo había ido la fiesta, no había podido evitar contarle a su amiga el auténtico punto álgido de la fiesta.

–Diré una cosa a su favor –comentó Beth–. Tarda en ponerse en marcha, pero luego sabe compensar el tiempo perdido. ¿Cuánto tiempo hace que te conoce? ¿Diez años?

–¿Hace tanto ya? –preguntó Eva.

–¿Y qué vas a hacer? –preguntó Beth.

–¿Estás loca? ¡Nada! Por si no lo habías notado, he pasado la última década detestando a Griffin Slater.

–Hay una frontera muy tenue entre el amor y el odio.

Eva lo sabía muy bien. Los últimos días transcurridos habían dejado claro ese hecho. Había creído que amaba a Carter, para descubrir que no lo conocía en absoluto. Y había creído que detestaba a Griffin, para descubrir... bueno...

Pero no quería hablar de eso con Beth.

–En cualquier caso, no lo necesito. Estamos en el siglo XXI. Tengo opciones. Excepto, claro que como él indicó amablemente, si aceptara su propuesta no sólo obtendría un donante de esperma, sino también un padre involucrado con el bebé.

–En eso tiene razón.

–Muchas gracias.

–Sólo era un comentario. Tengo tres hijos y, créeme, hay días en los que desearía poder clonarme.

–Hum.

Oyó un pitido que indicaba que tenía una llamada entrante. Apartó el aparato del oído y miró la pantalla. Reconoció el número de Griffin. A lo largo de los años habían tenido diversos contactos telefónicos relacionados con asuntos de la junta directiva de Tremont HI, así que no le extrañó que tuviera su número.

Se llevó el teléfono al oído de nuevo.

–No te lo vas a creer, pero tengo una llamada de Griffin. ¿Te importa que hablemos más tarde?

–¡Claro que no! Ya me dirás cómo va. Estaré deseando saber si ha dejado caer alguna bomba más. ¡Oliver es tan aburrido!

Eva concluyó la llamada con Beth y pasó a la otra.

–¿Hola?

–Soy Griffin.

–Supongo que llamas para desdecirte de tu momento de locura temporal de anoche –dijo ella con tono aburrido, aunque en realidad se sentía como si estuviera en una montaña rusa–. Bueno, no hace falta que te molestes...

–Lo cierto –interrumpió él, seco–, es que llamo para contratarte para una fiesta.

–Me siento obligada a decirte que, como esposa tuya, obtendrías mis servicios gratuitamente –soltó un suspiro–. Así que estoy confusa... ¿has decidido cubrirte las espaldas?

–Vale, me has pillado –él soltó una risa–. Mi diabólico plan es forzarte, de una manera u otra, a que me des una fiesta gratuita siempre que quiera.

–Tengo noticias para ti –le devolvió ella–. Dudo mucho que fueras a llamarlo «fiesta».

–Creo que podría manejarte –dijo él con voz seductora.

Ella sintió una oleada de calor recorrer su cuerpo de arriba abajo.

–Es verdad que llamo para contratarte –insistió él–. He estado pensando en dar un cóctel para unos socios de trabajo dentro de dos viernes.

–Oh.

–¿Estás disponible?

–Tendría que consultar mi agenda –sabía muy bien que estaba libre.

–Había pensado utilizar el servicio de cátering habitual, nada muy especial; pero tras verte en acción anoche, decidí contratar a Eventos de Diseño.

–No soy nada barata.

–¿De veras quieres oír lo que tengo que decir respecto a eso?

–Eres persistente.

–Es mi segundo apellido. ¿Y cómo puedes resistirte a la oportunidad de demostrarme lo buena que eres? –preguntó, con voz grave y suave como la seda.

El maldito sabía muy bien cómo atraparla.

–Tendríamos que discutir qué quieres, y después te enviaría mi contrato estándar –dijo con voz clara.

–Excelente.

Cuando dejó de hablar con Griffin, pensó de inmediato que iba a arrepentirse de aceptar ese trabajo. Pero antes de que tuviera tiempo de dejarse llevar por la ansiedad, el teléfono volvió a sonar.

–Hola, Beth –contestó.

–¿Y? –preguntó su amiga–. ¿Cómo ha ido? Decidí que era mejor llamar que morirme de ganas de saberlo esperando a que lo hicieras tú.

–Quiere contratarme.

–¿Esposa de alquiler?

–No, otra sorpresa. Quiere que organice una fiesta para él. Ya no sé si siente lujuria por mí o por Eventos de Diseño.

–Bueno, pues yo le doy un punto por originalidad. Cualquiera de las dos cosas es mejor que sentir lujuria por los millones de Tremont HI.

Eva pensó que Griffin la estaba desestabilizando tanto que era imposible saber qué quería en realidad.

Mientras le resumía a Beth la conversación telefónica, comprendió que, por una vez en su vida, veía el lado positivo de ser perseguida por su dinero por hombres como Carter: al menos con ellos sabía a qué atenerse.

Eva llegó a la mansión de Griffin en Pacific Heights a las cuatro de una soleada tarde de viernes. Se había dado tres horas para prepararlo todo antes de que llegaran los invitados.

Desde la acera, Eva contempló la impresionante fachada estilo Reina Ana, parcialmente oculta a la vista por una alta verja y un bien cuidado jardín delantero.

La sorprendió descubrir que vivía en un majestuoso edificio repleto de buhardas y torretas. A su pesar, se sintió complacida.

A lo largo de los años se había esforzado por no sentir curiosidad respecto a Griffin. Cuanto menos supiera de él, mejor podría simular que él no la afectaba. Y dado que habían solventado los detalles de la fiesta a través de faxes y llamadas telefónicas, era la primera vez que veía su casa.

La comunicación indirecta había supuesto un alivio para ella. No se había sentido capaz de verse cara a cara con Griffin, de momento.

Pero ese respiro estaba a punto de llegar a su final. Mientras sus empleados descargaban provisiones de una de las furgonetas de Eventos de Diseño, Griffin llegó al volante de su coche deportivo plateado.

Lo observó aparcar. Segundos después, él bajó del coche y se subió las gafas de sol, colocándolas sobre su cabeza.

Admiró su traje azul marino y notó que se había cortado el pelo aún más. Enmarcaba apenas su atractivo rostro masculino.

Se veía elegante, sexy... espectacular.

Eva notó que su cuerpo vibraba de energía. Era una reacción a la que empezaba a acostumbrarse, ya que conocía lo que él podía ocasionar en su cuerpo mediante el contacto de sus manos y labios.

Aun así, estaba empeñada en resistirse. Esa noche su función era lograr otro éxito para Eventos de Diseño. Nada más.

Se dijo que sólo estaba allí porque había tenido un hueco en su calendario para organizar esa fiesta. Pero, teniendo en cuenta hasta qué punto se había equivocado con Carter, cabía la posibilidad de que estuviera engañándose otra vez.

Afortunadamente, sus padres no estarían allí esa noche, así que al menos no se sentiría presionada por ese lado. Su madre le había dicho que habían tenido que rechazar la invitación de Griffin porque tenían un compromiso previo.

–Hola –saludó Griffin, recorriéndola con la mirada.

Ella se pasó la mano por el pantalón para estirarlo. Se sentía como si sus ojos la estuvieran marcando a fuego. Llevaba un conjunto que le gustaba mucho: un blusón azul cielo, pantalones negros de seda y zapatos de Christian Louboutin, pero aun así se sintió incómoda y expuesta.

Para ocultar su nerviosismo, señaló la mansión que tenían ante ellos.

–No imaginaba que vivieras en un sitio así.

–Deja que adivine –él esbozó una sonrisa lenta, acercándose–. Esperabas un típico ático de soltero.

Ella asintió.

–Recuerdo que mi padre mencionó hace un tiempo que tenías un piso en el centro.

–Renuncié al ático hace un par de años –se encogió de hombros–. Buscaba un cambio. Y este lugar me permite celebrar fiestas a gran escala. Pero aún no está reformado del todo.

–¿Hace dos años? –repitió ella–. ¿No fue más o menos entonces cuando te ascendieron a director ejecutivo de Tremont HI?

Era una impertinencia por su parte implicar que era el dinero de los Tremont lo que le permitía pagarse una mansión en Pacific Heights, pero no pudo evitar hacerlo.

Habría hecho cualquier cosa para evitar el calor de su mirada. Se sentía como si estuviera a punto de estallar en llamas allí mismo.

–Digamos que el mercado inmobiliario iba muy bien en ese momento –repuso él con ecuanimidad–. Para Inversiones Evgat y también para Tremont HI.

–Suponía que un ático de lujo estaría más de acuerdo con tu estilo –comentó ella con tono conciliador–. Debes de perderte en una casa tan grande.

Él esbozó una sonrisa enigmática.

–¿Tenías la esperanza de que mi elección de vivienda demostrara que no soy de los que están dispuestos a asentarse? Siento decepcionarte.

–Lo cierto es que pensé que disfrutarías de las vistas desde un ático, viéndonos a todos los humildes mortales desde arriba –contraatacó ella.

Él soltó una risita.

–No creo que tengas la más mínima idea de lo que me haría disfrutar, Evangeline –murmuró.

Eva comprendió que ya no hablaban de propiedades inmobiliarias, ni tampoco de la seriedad de su propuesta matrimonial.

La visión de ellos dos practicando el sexo entre sábanas revueltas asaltó su imaginación. Reflexivamente, sacudió la cabeza para apartarla.

–¿Algo va mal? –preguntó él, con expresión divertida y demasiado perspicaz.

–Necesito ir a supervisar la cocina, no tenemos mucho tiempo –se alejó de él–. Estoy aquí para planificar una fiesta, ¿recuerdas?

–Claro –murmuró él mientras se alejaba–. ¿Por qué ibas a estar aquí si no?

El críptico comentario casi la llevó a detenerse, pero se obligó a seguir andando.

«¿Por qué iba a estar ella allí si no?», la pregunta se repitió en su mente.

Capítulo Siete

Eva pensó que, de momento, todo iba bien, mientras comprobaba que había suficientes platos y cubiertos sobre el aparador del salón de Griffin.

Comprendió que esa noche no se sentía como una planificadora de fiestas y tampoco como una invitada.

Tenía la sensación de que Griffin y ella eran los anfitriones y habían establecido una armonía tácita e impremeditada. Lo había ayudado a dar la bienvenida a sus invitados, a muchos de los cuales conocía, y Griffin había ido a la cocina a ofrecer su ayuda más de una vez. Antes de que pudiera silenciarla, una vocecita le susurró en la cabeza que era casi como si fueran marido y mujer.

El interior de la casa de Griffin le había gustado tanto como el exterior. La cocina, digna de un chef, era un sueño: electrodomésticos de acero inoxidable de vanguardia, encimeras de granito, fregadero doble y dos zonas de cocina. La distribución del resto de las habitaciones de la planta inferior permitía un flujo fluido a los invitados. Las puertas de cristal al exterior y los enormes ventanales daban a la fiesta un ambiente aireado y luminoso.

Mientras recolocaba las cosas en el aparador, pensó que, sin duda, Griffin había elegido bien al comprar esa casa. En realidad no era extraño que tuviera buen ojo en cuanto a propiedades inmobiliarias se refería.

También había tenido que admitir que Griffin era mucho más rico de lo que había pensado.

No se trataba sólo de la impresionante casa. Mediante retazos de conversaciones y comentarios de los invitados, había descubierto el gran éxito que había obtenido Inversiones Evgat en los últimos años; años en los que ella se había negado rotundamente a prestar atención a las actividades de Griffin.

Muchos invitados alababan la sobresaliente capacidad inversora de Griffin. Se había enterado de que poseía edificios residenciales de primera categoría, tanto en venta como en alquiler, por todo San Francisco.

Union Square, Russian Hill, Bernal Heights, Fisherman's Wharf. Y, por supuesto, Pacific Heights. Sus propiedades se repartían por los vecindarios más exclusivos y de moda de la ciudad.

En otras circunstancias, las conversaciones de los invitados la habrían sacado de quicio. Esa noche, sin embargo, no le molestaban. La consumía mucho más el efecto que ejercía Griffin en su pulso cada vez que se acercaba.

Le echó un vistazo disimulado. Estaba en el extremo opuesto de la habitación, junto a la chimenea, charlando con una pareja de mediana edad y con una copa de vino en la mano.

Se había puesto una camisa blanca de cuello abierto y pantalones negros para la fiesta, pero aun con vestimenta informal su seductor atractivo hacía que el corazón le diera botes de repente.

–Eva.

Volviendo a la realidad, se dio la vuelta y vio a la hermana de Griffin acercarse a ella.

–¡Mónica! Hace años que no te veía.

–Me alegro de haber podido venir –Mónica esbozó una sonrisa aliviada–. Ben tenía una cena de negocios en San Francisco esta noche, pero decidimos pasar por aquí después, aunque llegáramos al final de la fiesta.

Eva sabía que la hermana de Griffin se había casado hacía un par de años con un productor cinematográfico de Hollywood y que pasaba la mayor parte del tiempo en Los Ángeles.

Abrazó a Mónica y notó un bulto inconfundible bajo el blusón que llevaba puesto. Se echó hacia atrás.

–¿Estás…?

Mónica asintió, resplandeciente.

–Estamos encantados.

–Griffin no me lo había comentado –exclamó.

Aunque se sentía feliz por Mónica, sintió un pinchazo de dolor al pensar que su sueño de tener una familia se alejaba día a día.

–Se lo dije a Griffin hace ya unas semanas –Mónica sonrió de nuevo–. Pero, ya sabes, a veces es tan… ¿qué palabra podría expresarlo?

–¿Arrogante? ¿Irritante? ¿Insoportable?

–¡Lo conoces muy bien! –Mónica se echó a reír.

Eva pensó que últimamente estaba empezando a conocerlo aún mejor.

–Sólo espero que esté bien –Mónica echó un vistazo a su hermano–. Dedicó tantos años a cuidar de Josh y de mí que a veces me pregunto si no se sentirá un poco perdido ahora.

Ella conocía la historia de la desafortunada muerte de los padres de Griffin, por supuesto, pero desde que lo conocía él siempre le había parecido fuerte e invencible.

–Se me ocurren muchas palabras para definir a tu hermano, y «perdido» no es una de ellas –dijo. Al menos en cuanto se refería a ella, Griffin parecía estar demasiado seguro de lo que deseaba.

Miró a Griffin, sus ojos se encontraron y tomó aire. Se volvió de nuevo hacia su hermana.

–Lo digo en serio –siguió Mónica–. A veces me pregunto si fue la inquietud lo que lo llevó a comprar esta casa. Se dedicaba a pagar facturas de colegios y a llevarnos al dentista cuando sus compañeros de universidad sólo pensaban en la fiesta siguiente. Ahora no sabe qué hacer consigo mismo.

La reflexión de Mónica hizo que Eva pensara en la oferta de matrimonio de Griffin. ¿Se trataría de inquietud? ¿O acaso se sentía abandonado desde que sus hermanos estaban casados?

–Hablemos de cosas menos serias –Mónica tocó su brazo–. ¿Cómo estás tú? ¿Y cómo está… cómo se llama… Carter?

–Fuera de concurso –contestó ella sucinta.

A juzgar por la pregunta de Mónica, Griffin no le había contado a su hermana los sórdidos detalles de su vida. La última vez que había visto a Mónica, hacía varios meses, acababa de empezar a salir con Carter.

–Oh, lo siento –Mónica arrugó la frente.

–No lo sientas –dijo ella–. Acabó mal, pero es lo mejor que podía haber pasado.

–No se me da nada bien elegir temas de conversación poco serios, ¿eh? –Mónica curvó los labios con ironía.

–No te preocupes –sonrió Eva.

–¿Has tenido oportunidad de ver la casa? –Mónica volvió a cambiar de tema–. Tiene detalles gloriosos. Deberías pedirle a Griffin que te la enseñe cuando acabe la fiesta.

–Sería agradable, pero estoy segura de que estará cansado cuando acabe la velada –contestó ella, pensando que Mónica no tenía ninguna razón para adivinar que el tema de la casa de Griffin tampoco era un tema nada seguro para ella.

Se libró de tener que decir más porque Ben, el marido de Mónica, se reunió con ellas y la conversación cambió de rumbo de repente.

Poco después tuvo que ir a supervisar la limpieza de la cocina, mientras los invitados empezaban a marcharse. Organizó toda la comida sobrante para que fuera entregada a un albergue para indigentes, como era su costumbre.

Después permitió que los últimos empleados se marcharan y dio otro repaso a la cocina, para comprobar que todo estaba de nuevo en su lugar original.

Griffin entró cuando guardaba un par de utensilios en uno de los cajones.

–Mónica, Josh y compañía acaban de marcharse –anunció.

Ella alzó la cabeza y se detuvo. Se preguntó si estarían solos en esa enorme casa. La tensión la atenazó.

–Pensé que dormirían aquí –balbució–. Hay muchísimo sitio.

–Ambos siguen manteniendo los pisos que les compré en San Francisco hace varios años –Griffin le guiñó un ojo–. Es mucho mejor que estar bajo el ojo vigilante de un hermano mayor.

–Oh. Siento mucho no haber tenido la oportunidad de despedirme de ellos.

Griffin había comprado pisos a sus hermanos. Era algo más que añadir a lo que había descubierto esa noche sobre lo bien que había cuidado de Mónica y Josh tras la muerte de sus padres.

–Mónica sabía que estabas ocupada en la cocina y no quiso molestarte –explicó Griffin, apoyándose en una encimera. Parecía relajado. Ella, en cambio, sentía un incómodo cosquilleo en toda la piel.

–Tengo entendido que hay que darte la enhorabuena –dijo, pasando un paño por la ya impoluta encimera–. Vas a ser tío.

–Por partida doble –afirmó él–. Josh me dijo hace un par de semanas que Tessa y él también esperan un bebé.

Las palabras quedaron flotando en el aire, trayendo a la superficie el asunto que había entre ellos: su deseo de quedarse embarazada y la oferta de él, a la que aún no habían contestado.

–Mónica me ha ordenado que te haga una visita guiada de la casa antes de que te marches –comentó él, mientras ella tiraba un papel a la basura.

–¿En serio? –preguntó ella–. No hace falta, de veras.

–Insisto. La fiesta ha sido un gran éxito gracias a ti. Lo menos que puedo ofrecerte a cambio es un tour por la casa.

Ella no quería sentirse aún más seducida por el atractivo de la casa, ni por el de él. No quería imaginarse a sí misma allí, redecorando una de las habitaciones como cuarto infantil.

Él se apartó de la encimera y agarró su mano.

El contacto provocó una descarga eléctrica que recorrió el brazo de Eva hasta el hombro.

Su cerebro incrédulo le recordó a su corazón que ese hombre era Griffin.

Lo conocía desde siempre. Y le había caído mal todo ese tiempo.

–Vamos –ordenó él.

Eva permitió que Griffin la condujera hacia la parte delantera de la casa.

Ya estaba familiarizada con la mayoría de las habitaciones de la planta inferior, que había visto de pasada, pero Griffin las fue identificando una a una desde el vestíbulo central.

Tras el comedor formal había un enorme salón con chimenea, cuya repisa era de madera tallada. También había un estudio cubierto de suelo a techo de estanterías llenas de libros, un lavadero y una habitación dedicada en exclusiva a una mesa de billar. La sala de billar le había llamado la atención cuando la había visto a principios de la tarde; por lo visto Griffin era tan aficionado al billar como lo era su padre.

La decoración era una mezcla de estilo victoriano tradicional y cómodo estilo contemporáneo, y conformaba una estética final típica y distintiva de la Costa Oeste.

Cuando llegaron a la puerta principal, Griffin se dio la vuelta e inició el ascenso por la escalera central.

–Tendrás a gente que te ayuda a mantener todo esto en condiciones, supongo –comentó ella mientras subían.

–Sí, pero no interna –contestó él–. Tengo contratado un servicio de limpieza para todo esto y también para la casita que tengo en Napa.

Una vez arriba, abrió y cerró puertas, mostrándole los distintos dormitorios. Uno de ellos aún lucía el femenino papel pintado, con estampado de rosas, que había pertenecido a los anteriores propietarios. En otra habitación había dos camas gemelas separadas por un tocador victoriano tradicional. Dos dormitorios aún estaban sin amueblar.

En total había cinco dormitorios, y el principal era el último.

Esa habitación la sorprendió con su ambiente informal. Griffin se apoyó en el umbral y contempló cómo ella miraba a su alrededor.

Teniendo en cuenta los artículos que había por todas partes, el dormitorio parecía lleno de vida, a diferencia de otras habitaciones de la casa.

Había una cama enorme con armazón de madera

lacada en negro y sábanas blancas. Unas suntuosas cortinas de seda amarilla cubrían tres enormes ventanas y el suelo de madera estaba cubierto por una alfombra.

–¿Te gusta? –preguntó él.

Ella asintió. Era consciente de que tenía que salir de allí antes de que el pulso se le acelerase hasta el punto de provocarle un infarto.

–La decoración es preciosa. La casa entera lo es –fue hacia el umbral, pero él estaba allí.

–Me alegro –dio con su voz profunda y sensual.

–Necesito...

«Salir de aquí», pensó. Pero no llegó a decirlo. Las palabras se apagaron en sus labios mientras él la miraba con intensidad.

Se inclinó hacia ella y, tras escrutar su rostro, su boca descendió hasta la tuya.

Esa vez ella esperaba el cosquilleo y la explosión de euforia que eso le provocaría.

La besó con pasión, atrapándola entre sus brazos.

Ella alzó las manos hasta su cuello, mientras sus bocas se enzarzaban y la pasión se acrecentaba. El mundo se disolvió y dio paso a una llama de deseo que prendió dentro de su cuerpo.

–Mmm.

Un momento después, comprendió que el gemido placentero había salido de ella.

Cuando él se apartó por fin, jadeaba y le pesaban los párpados.

–¿Qué estás haciendo? –le preguntó con voz grave.

–¿No es obvio?

–Estoy aquí para hacer un trabajo…

–Que ya ha concluido. En este momento no trabajas para mí.

–Soy planificadora de fiestas –insistió ella.

–Ya… ¿quieres que te explique qué clase de fiesta me gustaría que me dieras ahora mismo?

Ella se estremeció con un cosquilleo.

–Es increíble, ¿verdad? –dijo él, con la voz ronca de excitación–. ¿Cuánto tiempo hace que nos conocemos? ¿Una década? Si hubiera sabido que besarte sería algo tan fantástico, no habría sido capaz de resistirme.

El corazón desolado de ella absorbió sus palabras como una esponja. Anhelaba una tormenta de sinceridad tras la infidelidad de Carter.

–Nunca has tenido que resistirte –lo contradijo–. Yo no te gustaba.

–Ojalá hubiera sido así.

Antes de que ella pudiera decir nada, la besó de nuevo y la pasión volvió a estallar. Un momento después, Eva apartó la boca con esfuerzo.

–Espera. ¡No podemos hacer esto!

–¿Por qué? –inquirió él–. Tú te has librado de tu prometido, y yo… –miró a su alrededor como si buscara algo– yo no tengo a nadie.

–¡Ésta es la clásica escena de aventura de rebote!

–Me resulta difícil preocuparme por eso en este momento –clavó en ella esos ojos de obsidiana cargados de promesas de placer–, pero sí, de acuerdo. ¿Acaso te importa?

–Yo…

Lo pensó y se dio cuenta de que no. En ese momento era difícil que le importase algo; a duras penas conseguía pensar.

¿Por qué no acostarse con Griffin? No tendría por qué haber vínculos serios. Podía ser su aventura para olvidar a Carter. Un bálsamo para su ego.

Griffin mordisqueó sus labios.

–Carter es un idiota. No fue capaz de ver más allá de tu cuenta bancaria, cuando tenía delante a una mujer estupenda.

Su mano encontró la cremallera del blusón bordado con pedrería y empezó a bajarla.

–Lánzate –le susurró–. ¿Qué tienes que perder?

–Tú no eres uno de esos hombres salvajes y alocados –señaló ella.

–Soy inversor inmobiliario. Eso me convierte en jugador por naturaleza.

Curiosamente, Eva nunca había pensado en él de esa manera. Siempre le había parecido demasiado formal y serio para ser un aventurero. Lo cierto era que últimamente estaba viendo un aspecto completamente distinto de Griffin.

El blusón se abrió por la mitad. Con un poco de ayuda de Griffin, se lo quitó de los hombros y dejó que cayera al suelo. Debajo sólo llevaba un delicado sujetador.

–Eres preciosa, Eva –los ojos de Griffin destellaron.

Puso las manos en su cintura y acarició sus costillas, rozando la fina piel de su estómago con las yemas de los pulgares.

Ella era muy consciente de cada uno de sus movimientos. Intentó expresar una indiferencia sofisticada que en absoluto sentía.

–Nada de ataduras, Griffin –le dijo–. Esta noche serás mi aventura de consolación, y nada más.

–Si eso es lo que quieres... –Griffin tensó la mandíbula.

–Es lo que quiero –confirmó ella, empezando a desabrocharle los botones de la camisa.

–Entonces, ¿para qué perder más tiempo?

Tras decir eso, la alzó en brazos y fue hacia la cama. La sentó sobre su regazo y la besó con intensidad.

Ella agarró su cabeza y le devolvió el beso sin reserva alguna. Si iba a dar al traste con su cautela, al menos iba a disfrutar cada segundo.

Sintió la presión de su erección contra el cuerpo y eso azuzó el deseo que iba creciendo en ella. Él le acariciaba el pelo y sentía los fuertes latidos de su corazón.

Los zapatos negros cayeron al suelo, uno tras otro, y momentos después, se puso de pie entre sus piernas, animada por la palmadita que él le dio en el trasero.

Griffin besó sus senos y ella lo atrajo hacia sí, apoyando los brazos en sus hombros.

Con un giro de muñeca, él le desabrochó el sujetador y lo lanzó al otro lado de la habitación.

Atrapó uno de sus pezones con la boca y lo lamió con la punta de la lengua una y otra vez, succionando suavemente de vez en cuando.

–Oh, Griffin –empezaron a temblarle las rodillas.

–Sí –murmuró él–. Disfruta.

Pasó a dedicar su atención al otro seno y ella empezó a respirar con agitación, sofocada de pasión.

Cuando por fin alzó la cabeza, ella le habría dado cualquier cosa que hubiera pedido, pero él llevó los dedos a la cinturilla de su pantalón y se ocupó del botón y la cremallera.

Momentos después, le bajó los pantalones y las braguitas al mismo tiempo. Centró su atención en la unión de sus muslos y acarició la zona con la palma de la mano.

Ella se volvió loca de deseo. Lo que estaba ocurriendo esa noche era tan incorrecto en todos los sentidos que el sabor de algo prohibido alimentaba aún más su deseo.

Él subió las manos hacia su cadera y, con un movimiento sorpresa, la alzó y la echó sobre la cama. Después se puso en pie y, sin dejar de mirarla a los ojos, se quitó la camisa y la dejó a un lado.

Ella se quedó sin aliento.

Bajo su aspecto exterior de Clark Kent, Griffin era la fantasía de cualquier mujer. Tenía el vientre plano y sin rastro de grasa, y era obvio que antes o después de trabajar asistía a un gimnasio.

Entrecerró los ojos. Griffin la observó mientras se quitaba el cinturón y los zapatos.

–El médico dice que mi análisis de sangre está limpio –dijo ella, lamiéndose los labios.

–Me alegro –dijo él–. Yo me hago uno en la revisión médica del trabajo. De hecho, fue el mes pasado y también estoy perfectamente.

Se bajó pantalones y calzoncillos y su erección quedó libre.

Ella no recordaba haberse sentido tan excitada en toda su vida.

–Yo… aún estoy tomando anticonceptivos. Nunca los dejé, a pesar de que Carter y yo decidimos abstenernos de sexo antes de la boda –alzó un hombro–. Supongo que quería estar segura hasta que estuviéramos listos para empezar a intentar…

No concluyó la frase, pero estaba segura de que él entendía lo que quería decir. Hasta que estuvieran listos «para intentar tener un niño».

Griffin asintió, después alzó su pierna y depositó un beso en el arco del pie.

–Intenta relajarte. Intenta disfrutar –una sonrisa traviesa y lenta acarició sus labios–. Intenta decirme cómo te hago sentir.

Agarró el otro tobillo, tiró de ella hasta situarla al borde de la cama y empezó a darle placer con la boca.

Ocurrió tan rápido que ella apenas tuvo tiempo de lanzar una exclamación de sorpresa.

Volvió la cabeza a un lado y se llevó la mano a la boca para apagar un gemido de satisfacción.

Carter nunca había demostrado ningún interés en darle placer de esa manera. Estaba asombrada por las excitantes sensaciones que surcaban su cuerpo.

Griffin agarró su brazo y le apartó la mano de la boca. Alzó la cabeza un momento.

–Recuerda, intenta decirme cómo te sientes.

Ella no podía decírselo. En vez de eso, intentaba

recordar el motivo por el que había acabado en la cama de Griffin.

«Aventura de rebote, aventura de rebote, aventura de rebote».

Eso era todo. Una noche de sexo para satisfacer su orgullo herido.

Sin embargo, de repente, un terremoto de placer se instaló en su cuerpo y se sintió como si se partiera en dos.

Griffin se levantó y la sujetó hasta que su cuerpo volvió a relajarse. Cuando le apartaba un mechón de pelo de la cara, sus ojos se encontraron.

–Carter nunca quiso... –jadeó.

–Carter es un idiota. ¿No habíamos decidido eso ya?

A pesar del tono grave de su voz, su expresión denotaba satisfacción masculina, como si lo complaciera saber que ya había superado a Carter.

Ella deslizó la mano por su musculoso muslo, rindiéndose al intenso deseo de tocarlo y acariciarlo. Pero él se tensó y atrapó su mano.

–Ah, gatita. Eso no sería buena idea en este momento.

Lo miró, interrogante, y se sonrojó al comprender por qué lo decía.

–Necesito estar dentro de ti –dijo él, ronco–. Estoy al límite.

–Sí –jadeó ella.

La colocó en posición y luego la penetró, centímetro a centímetro, hasta llenarla por completo. Una vez en su interior, soltó el aire de repente.

Eva pensó vagamente que había subestimado lo que sería ser poseída por Griffin.

Él empezó a moverse rítmicamente, mientras sus manos y boca se esforzaban por excitarla, sabiendo perfectamente dónde se encontraban sus puntos de placer.

Sintió la explosión de otro orgasmo y clavó los dedos en la espalda de Griffin, pero él seguía llevándola más y más alto… hasta que ambos quedaron como suspendidos en el aire, durante un largo momento de tensión que les permitió saborear una dulce intimidad.

Después, con un gruñido, Griffin se arqueó hacia atrás, los tendones de su cuello se tensaron y la embistió con fuerza, derramándose en su interior y arrastrándola con él en un sublime salto al vacío.

Capítulo Ocho

A la mañana siguiente Griffin se despertó con una sonrisa en los labios. Tenía la placentera sensación de estar emergiendo de la neblina de un sueño erótico.

Cuando los últimos jirones de niebla se disiparon, recordó lo ocurrido la noche anterior.

Se había acostado con Evangeline Tremont.

Nunca había sentido una conexión tan intensa practicando el sexo.

La cama se movió bajo su peso cuando se puso de costado y se apoyó en un codo.

Eva tenía los ojos cerrados, pero era obvio que se estaba despertando.

Su melena negra como la noche estaba desparramada sobre la almohada, y sus largas pestañas parecían tinta china sobre la suavidad lechosa de su piel. Tenía los labios entreabiertos, hinchados, suaves y apetecibles.

Él rememoró escenas de la noche anterior. Recordó con cuánta pasión le había devuelto sus besos y la destreza con la que había utilizado su boca... Empezó a sentirse excitado.

Eva se movió y apoyó la pierna contra la de él.

Un momento después, sus ojos se abrieron.

–Buenos días –dijo él.

–Eh… hola.

–Estaba contemplando cómo te despertabas.

–¿Eso hacías? –sus ojos se ensancharon.

–Lo de anoche fue… –buscó en su mente una palabra que pudiera hacerle justicia, pero tuvo que conformarse con una que no estaba a la altura– fantástico.

Deslizó la mano por su pierna con una caricia lenta. En ese momento le gustaría repetir lo ocurrido la noche anterior. Miró su boca y pensó que, de hecho, no se le ocurría ninguna manera mejor de pasar la mañana.

Se inclinó para besarla, pero justo cuando iba a tocarla, ella apartó la sábana y salió de la cama de un salto.

–¿Adónde vas? –preguntó él, divertido.

Al mismo tiempo, no podía evitar disfrutar de la vista. Tenía un cuerpo fantástico. Recordó la foto que había visto numerosas veces en el despacho de Marcus: Eva adolescente, vestida con su traje de ballet y haciendo una pirueta.

Eva recogió el sujetador y las braguitas del suelo y echó un vistazo al despertador que había en la mesilla.

–Es sábado. Tengo… tengo que trabajar. Esta noche hay una función en el MOMA.

–Estaré allí.

–No estás invitado.

–Tengo mis contactos –bromeó él–. Y el más importante es una conocida planificadora de fiestas.

Ella no contestó. En vez de eso se puso las bragas sin dedicarle una mirada.

La sonrisa que curvaba los labios de él se desvaneció. Empezaba a tener la clara impresión de que ella pretendía librarse de él y no le gustaba nada la idea.

«Eres mi aventura de consolación». Recordó sus palabras, que había escuchado difuminadas tras una neblina de deseo.

«Ni en sueños», pensó.

Después de lo que habían compartido, no estaba dispuesto a permitir que ella lo dejara de lado como si fuera cualquier cosa. Apartó las sábanas de su lado y se puso en pie.

Ella se ponía el sujetador cuando llegó a su lado.

–¿Vas a marcharte tan pronto? –preguntó.

–Tengo... tengo que encontrar los zapatos –dijo ella, mirando por el suelo.

Cuando se agachó para buscarlos, él agarró su antebrazo y la detuvo.

–No voy a dejar que huyas de esto.

–No sé a qué te refieres –ella se enderezó, echándose el pelo hacia atrás.

–Me refiero a que tienes miedo y estás huyendo, Evangeline.

–¿Miedo de qué? ¿De ti? –preguntó ella con desdén–. No soy Caperucita Roja, ni tú el Lobo Feroz.

–Es una lástima, porque estoy hambriento de ti.

La noche anterior, prácticamente la había devorado. Eva palideció al pensarlo, pero recuperó su aire desafiante de inmediato.

–No le demos a lo de anoche más importancia de

la que tiene, ¿de acuerdo? Gracias por ayudarme a recuperar mi confianza después de lo de Carter. Puedes tacharlo de tu lista de cosas pendientes.

–Fantástico –dijo él con voz templada–. Ahora fuguémonos a Las Vegas para casarnos. Así también podré tachar eso de la lista y tu venganza estará completa.

–¿Qué? ¡Estás loco!

Lo miró con tal expresión de asombro que él estuvo a punto de echarse a reír. Arqueó una ceja.

–Estoy ofreciéndote una manera para dejar a Carter atrás y decir la última palabra. Una forma de conseguir cuanto deseas, incluyendo el bebé. Pero tú me rechazas. ¿Y dices que el loco soy yo?

–Tus dos hermanos van a tener hijos –le devolvió ella con voz de sospecha–. ¿Es ésa la razón de que estés tan deseoso de tener un hijo conmigo? ¿Te sientes desplazado y distinto de ellos?

–Digamos que hace poco tuve la oportunidad de descubrir qué quería realmente –dijo él tensando la mandíbula.

Era cierto que se había despertado. Pero no por lo que ella creía. El hecho de que había estado a punto de perderla a manos de Newell había hecho sonar la campana de alarma en su cerebro.

Vio un destello de emoción en los ojos de Eva y supo que estaba bajando las defensas.

–¿Qué tienes que perder? –la presionó.

Ambos sabían que ya no tenía prometido y que las posibilidades de encontrar otro a corto plazo eran mínimas.

–¡No puedo fugarme! –exclamó ella–. ¡Soy planificadora de fiestas!

Él soltó una carcajada y luego la rodeó con los brazos.

–Estoy seguro de que podremos arreglarlo de alguna manera –murmuró.

Cuatro días después, Eva se encontraba llamando al timbre de Griffin. Habían quedado en su casa para discutir los detalles de la boda.

Llegaba directamente de una cena de negocios con un cliente potencial, y vestía una camisola roja con cuello en uve y una falda beis hasta las rodillas.

Cuando Griffin abrió la puerta, tuvo que tragar saliva. Llevaba unos pantalones vaqueros negros y una camisa azul oscuro, con el cuello abierto; estaba increíblemente sexy.

–Entra –ofreció él.

–Perdona que llegue tarde –se mojó los labios con la lengua–. La cena duró más de lo que esperaba.

–No hay problema. Yo cené algo rápido y ahora estaba leyendo unos informes de negocios.

Empezó a conducirla hacia el salón, pero se detuvo inesperadamente ante la puerta de la sala de billar.

–¿Juegas? –le preguntó.

Claro que Eva jugaba. Había crecido con una mesa de billar en casa, y había aprendido del mejor: Marcus Tremont.

Pero Eva se había asegurado de no tener que enfrentarse a Griffin a lo largo de los años. Una competición cara a cara con él sobre el fieltro verde habría tenido la connotación de una batalla muy significativa para ella. Siempre que había ido de visita a la mansión de los Tremont, y ella estaba allí, había dejado que jugara contra su padre.

–A veces –dijo, sin entusiasmo.

Los labios de él se curvaron con una sonrisa y fue hacia el expositor de tacos de billar.

–Venga. Elige tu arma –la incitó.

–Creía que íbamos a discutir los detalles de la boda –dijo ella.

–Y así es –él alzó una ceja–. Mientras jugamos una partida de billar. ¿Te parece bien?

–Bueno –ella se encogió de hombros.

No podía negarse, después de que él le hubiera lanzado el guante. Una parte de ella llevaba años deseando darle una buena paliza.

–Espero que no te aburras jugando conmigo –le dijo. Fue hacia el expositor y eligió uno de los tacos más cortos.

–Puedo darte algunos consejos, si los necesitas –ofreció él, eligiendo también un taco.

–Gracias –esbozó una sonrisa agradecida, entornando los párpados.

Se sentía como una tramposa pero, según el dicho, «todo vale en el amor y en la guerra» Por desgracia, cada vez tenía menos clara la frontera y ya no sabía si lo que tenía con él era amor o guerra.

–¿Quieres romper tú? –preguntó él, mientras colocaba las bolas en el triángulo.

–Sí, ¿por qué no?

Rodeó la mesa y se inclinó sobre ella.

Notó que él la observaba atentamente, y aunque sabía que la alineación de su cuerpo era perfecta, era muy consciente de que sus pechos habían caído hacia delante y del profundo escote en uve de la camisola de punto que llevaba.

Aun así, mantuvo la concentración y rompió limpiamente. La bola tres entró en un agujero de esquina.

–Lisas –dijo. Tendría que meter el resto de las bolas de color sólido, y él se ocuparía de las rayadas.

Estudió la mesa.

–Bola cuatro en la esquina derecha –cantó. Procedió a meter la bola donde había dicho.

Vio que Griffin estrechaba los ojos. Acababa de darse cuenta de que iba a ser una contrincante respetable.

A continuación dio un golpe de carambola, lanzando la bola blanca contra la seis, que golpeó la bola dos haciendo que entrara en un agujero central.

Falló el siguiente tiro y se enderezó.

–Tu turno –le dijo, sonriente.

–Empezaba a pensar que el juego habría acabado antes de que pudiera dar un golpe.

–Suerte de principiante –dijo ella.

–Juguemos al mejor de tres –contraatacó él.

Ella se encogió de hombros. Una partida, dos, o tres. Daba igual. Ahora que por fin había aceptado el reto, jugaría hasta el final.

Griffin hizo su primer tiro. Después probó una combinación difícil y tuvo éxito. Le dirigió una sonrisa que era pura expresión de orgullo de jugador.

Ella apretó los dientes, pero había sabido desde el principio que no sería fácil ganar.

–Esta partida habrá terminado antes de que empecemos a hablar de la boda –señaló.

–Pues habla.

–Me gustaría celebrarla en casa de mis padres, y que fuera más bien discreta –dijo ella, sabiendo que en ese entorno se sentiría más cómoda con su alocada decisión de dar el salto y casarse con Griffin.

–Muy bien. Pero si no vamos a fugarnos, quiero que nos casemos pronto. En unas semanas. Si utilizamos la casa de tus padres, eso no debería ser problema.

–Bien. Tiene sentido. Al fin y al cabo, se trata de ganarle la partida a mi reloj biológico –repuso ella, recordándole la razón de su matrimonio.

Él le lanzó una mirada inescrutable.

–Respecto al contrato prenupcial... –Eva se aclaró la garganta.

–No será necesario –él le ofreció una sonrisa enigmática–. Los dos somos ricos.

–California es un estado que sigue la ley de los bienes gananciales –lo miró con los ojos muy abiertos–. El divorcio implica reparto a partes iguales. Podría quitarte una fortuna.

Tras ver dónde vivía y haber obtenido algunos datos sobre él de sus amigos y asociados, sabía que era mucho más rico que ella. Sin duda, ella distaba de ser pobre, pero Eventos de Diseño era una empresa diminuta comparada con la suya.

Y si bien era heredera de una fortuna, esperaba que faltasen muchos años para que recibiera esa herencia. Entretanto, tenía una asignación muy respetable y el dinero que ganaba ella misma, pero desde la perspectiva de él, no debía de ser casi nada.

–Es un riesgo que estoy dispuesto a correr –dijo él, colando otra bola.

–Griffin… –su voz tenía tono de advertencia.

Le costaba creer que fuera ella la que intentaba disuadirlo a él para que no arriesgara su dinero. Y por la expresión divertida de él, Griffin debía de estar pensando exactamente lo mismo.

–Así que no habrá contrato prenupcial –aseveró él–. Dado que agradezco a tu padre que me permitiera poner mi dinero en movimiento, no me preocupa excesivamente que acabe en manos de una Tremont.

Ella se rindió. Si quería arriesgar su dinero, era asunto suyo.

–¿Dónde viviremos? –preguntó.

Él alzó una ceja y miró a su alrededor.

–¿Te parece que esta casa es lo bastante grande para los dos?

Eva adoraba la casa, desde el primer momento en que la había visto.

–De acuerdo. Alquilaré mi piso y esperaré a que llegue un buen momento para venderlo.

–Una mujer a mi imagen y semejanza –dijo él, con solemnidad simulada.

Ella sabía que bromeaba pero, aun así, un cosquilleo de satisfacción recorrió su cuerpo.

Sin embargo, antes de que pudiera decir nada más, Griffin falló un tiro ella y volvió a la mesa.

Mientras jugaban, la conversación pasó a centrarse en los detalles mundanos de la boda. Discutieron la lista de invitados y decidieron quién oficiaría la ceremonia. Dado que ambos tenían una agenda apretada que no podía liberarse a corto plazo, optaron por disfrutar de una corta luna de miel en la casita que tenía Griffin en el valle Napa.

Casi habían terminado de comentar los detalles cuando Griffin cantó su jugada y la bola trece entró en una esquina.

Sólo quedaban la bola siete, de ella, la ocho y la blanca. Griffin sólo tenía que meter la bola ocho para ganar la partida.

Habían jugado un mano a mano muy apretado. Pero ella había pretendido ganar. Cerró los ojos. No podía soportar ver ese último tiro.

–La siete y la ocho en la esquina.

Abrió los ojos con sorpresa. No entendía nada. Tal vez estaban jugando con reglas que ella desconocía.

Se concentró y vio a Griffin introducir su bola siete seguida por la ocho de él.

Griffin se enderezó y le ofreció una sonrisa lenta y sexy.

–Me ha parecido que, hiciera lo que hiciera, salía ganando.

–¿Por qué? –preguntó Eva.

Él dejó el taco sobre la mesa y se acercó a ella.

–El arte de una partida de éxito es conseguir que tus contrincantes apuesten contra la casa y vaciarles los bolsillos.

Ella abrió los ojos de par en par.

–¿No era eso lo que pretendías hacer inicialmente? –alzó la comisura de la boca.

–Yo... –Eva se sonrojó.

–He decidido cumplir tu deseo. Además, esto lleva quemando un agujero en mi bolsillo desde que has entrado por la puerta.

Metió la mano en el bolsillo, agarró su mano y deslizó un anillo en su dedo anular.

Ella miró el fantástico diamante engastado en platino. Debía de tener al menos cuatro quilates. Sus labios se entreabrieron...

De pronto, inexplicablemente, sintió ganas de llorar.

No había recibido un anillo de Carter antes de enterarse de su traición.

Era obvio que Griffin quería dejar las cosas claras, en más de un sentido. Alzó la vista hacia él.

–Si no te gusta, podemos buscar uno distinto.

–Es... –carraspeó con emoción–. Gracias.

Él la miró intensamente y ella se quedó sin aire.

Un momento después sintió sus labios en los suyos y se derritió contra él, besándolo con todo el deseo sexual que había estado creciendo entre ellos desde que había entrado en la casa.

Él acarició su cuello con los labios.

–¿Cómo no he sabido nunca que jugabas al billar? –murmuró contra su cuello.

–Yo... nunca quise jugar contigo –contestó ella–. Era un riesgo demasiado alto.

–Ah, ya –farfulló él, apoyándola contra la pared.

Eva nunca había sentido una descarga de adrenalina como la que sentía en ese momento. Cerró los ojos y se entregó a la pasión.

Él le bajó las bragas y oyó el ruido de la cremallera de su pantalón al abrirse.

–Rodéame con las piernas, gatita –ordenó él.

Ella obedeció y él la alzó hacia arriba, sin dejar de besarla.

Estaba húmeda y caliente y ambos gimieron cuando la penetró.

Fue un encuentro rápido, potente y febril. Pocos minutos después, alcanzaron juntos el éxtasis.

Capítulo Nueve

Eva se miró en el espejo de cuerpo entero, en la zona de probadores de la tienda nupcial. El vestido de color marfil que se había probado tenía tanta caída como una combinación de seda hasta los pies.

Estaba sobre una plataforma y giró la cabeza para verse por detrás en el tríptico de espejos.

El vestido, casi sin espalda, mostraba su piel desde el cuello hasta la cintura.

Sólo faltaban dos semanas para la boda y, dado el poco preaviso, un vestido a medida no había sido una opción.

–Estás preciosa, Eva –dijo Beth, detrás de ella.

–Gracias.

–Griffin se caerá de espaldas al verte.

–Y no será debido a uno de los temblores sísmicos de San Francisco –bromeó ella.

–Tú eres más que capaz de crear tu terremoto particular –Beth soltó una risita tintineante.

Eva pensó que había sentido el mundo moverse bajo sus pies. Pero no había tenido nada que ver con cuestiones sísmicas. Su mundo se había tambaleado estando en la cama con Griffin.

La idea de volver a ella le provocaba escalofríos de placer.

–Ese vestido te queda de maravilla, cariño –dijo su madre, desde el sillón que ocupaba en un rincón.

–Gracias, mamá.

–Mi nena va a casarse –su madre sonrió, con lágrimas en los ojos.

–Oh, mamá.

Su madre le quitó importancia al asunto agitando la mano.

–Tu padre está contento.

«¿Contento? Más bien deberías decir en éxtasis», pensó Eva.

Cuando, hacía unos días, Griffin y ella les habían comunicado a sus padres que iban a casarse, el rostro de su padre se había convertido en una sonrisa casi eterna. Su reacción no se había parecido en nada a la que tuvo cuando le comunicó su plan de casarse con Carter. Además, su padre había actuado como si la conveniencia de su boda con Carter fuera un detalle insignificante.

–Si no conociera a Carter desde hace tanto tiempo –dijo su madre en ese momento–, me habría preocupado tu decisión de casarte de forma tan apresurada.

Eva reflexionó que al menos uno de sus progenitores pensaba con sensatez respecto a su boda con Griffin.

Pero sabía que debía tranquilizar a su madre. Ya que se había decidido a casarse con Griffin, pensaba llegar hasta al final, y no quería que su madre se preocupara ni un segundo.

–En cierto modo, no es algo apresurado –contestó con ligereza–. Conozco a Griffin desde hace tanto tiempo como papá y tú.

Se guardó el resto de sus pensamientos y se dio la vuelta para volver a mirarse en el espejo.

¿Quién era esa mujer que había accedido a caminar hasta el altar dentro de dos semanas? ¿Qué había hecho?

Su vida había sido un caos desde que había accedido a casarse con Griffin la semana anterior. La dominaban el nerviosismo y la excitación, y ambas cosas alternaban con momentos de puro pánico.

Griffin la abrumaba. Desde que habían dormido juntos después de la fiesta en su mansión de Pacific Heights, se había sentido distinta. Era indudable que se comportaba de forma poco habitual, como demostraba el hecho de que hubiera aceptado su propuesta.

Y aunque lo habría adivinado, Griffin había demostrado ser el compañero de cama más excitante e inventivo que había tenido nunca.

Al pensar en que se extendían ante ella montones de noches como ésa, su cuerpo se estremecía de placer.

–¿Sabes una cosa? –comentó Beth–. Siempre he pensado que Griffin se sentía atraído por tu ácida inteligencia.

–Gracias –repuso Eva con sequedad–. Espero que tengas razón, porque va a recibir dosis ingentes en el futuro.

–Estás pensando en hacerle trabajar en el dormitorio, ¿eh? –Beth le guiñó un ojo.

Eva lanzó una mirada a su madre, que estaba sacando un pañuelo de papel del bolso y parecía no haber oído el comentario.

«Si Beth supiera lo que hay», pensó Eva.

Tras la fachada fría y educada de Griffin se ocultaba una pasión ardiente que era muy capaz de derretir todas sus defensas.

–¡Enhorabuena otra vez! –dijo Marcus con entusiasmo, ofreciéndole una copa con un líquido de color ámbar.

Griffin la aceptó.

Acababa de llegar a la mansión Tremont. El ama de llaves lo había dejado esperando en el vestíbulo principal mientras iba a buscar a un miembro de la familia.

Evidentemente, mientras el ama de llaves regresaba a decirle que se reuniera con Marcus en el salón, su futuro suegro había aprovechado para servir copas para los dos.

–¿Brandy? –preguntó Griffin, mirando la copa.

–El mejor –contestó Marcus, alzando la suya–. Por tu salud, un matrimonio largo y muchos nietos.

–Dudo que a Eva la complaciera oírte decir eso –Griffin tomó el traguito obligado.

–Por eso he reservado el brindis para esta ocasión –Marcus le guiñó un ojo.

–¿Dónde está Eva, por cierto? Se supone que habíamos quedado aquí para cenar y discutir más detalles de la boda.

–Sigue fuera con su madre –contestó Marcus–. Probándose vestidos de novia o algo de eso.

Griffin sintió cierta desilusión. Había tenido la esperanza de que Eva estuviera en la casa. De hecho, durante las últimas dos semanas había sentido un intenso deseo de verla, estar cerca de ella y tocarla a todas horas.

–No sé cómo lo has hecho, Griff –Marcus le dio una palmada en la espalda–. Admito que lo creía todo perdido, pero te libraste de Carter y convenciste a Eva para que se casara contigo, ¡en un tiempo récord!

Griffin sintió un leve remordimiento de conciencia al oír eso. Él no había manipulado a Eva para conseguir sus propios fines.

–Eva quiere tener un bebé.

–Sí, lo sé –replicó Marcus–, pero mejor tú que Carter como padre de mis nietos.

–Sólo quiero que eso quede claro.

Quería dejar claro que entraba en ese matrimonio por el bien de Eva. Y también por el bien de lo que se había convertido en un deseo insaciable de ella.

Pero Marcus no parecía ser consciente de sus pensamientos. Sorbía su brandy lentamente, con expresión pensativa.

–Me gustaría ofrecerte una parte de Tremont HI –dijo el hombre mayor–. Está claro que te la has ganado. Eres el mayor artífice de los últimos éxitos de la empresa.

–Mi respuesta sigue siendo la misma que la última vez –dijo Griffin con media sonrisa–. No.

Marcus y él habían tratado ese tema dos o tres veces antes.

–Voy a casarme con Eva porque deseo hacerlo –dijo, con expresión relajada–. Ella no es ningún peón en un juego de poder.

Un momento después, el padre de Eva esbozó una sonrisa, como si algo hubiera quedado claro en su mente.

–Eso es cuanto necesitaba saber –dijo.

Ambos tomaron otro trago de brandy.

–Veras, Eva es... –empezó Marcus con una mirada ladina.

«Perfecta. Endiabladamente sexy. La pieza que faltaba para completar el rompecabezas que soy», pensó Griffin.

–... testaruda. Hará falta un hombre muy fuerte para llevar adelante un matrimonio con ella.

–Teniendo en cuenta que te he soportado a ti como presidente de mi junta directiva –repuso Griffin con sorna–, creo que estoy a la altura de ese trabajo.

Marcus soltó una sonora carcajada.

–Cuento con ello –dijo, con ojos chispeantes de buen humor.

A Griffin se le tensó el estómago cuando empezó a sonar la música. Habían pasado tres semanas de locura desde que Eva había aceptado su propuesta, y allí estaban.

Eva salió de la casa por la puerta doble de cristal al enorme jardín que había en parte posterior de la mansión de los Tremont.

Griffin fue incapaz de dejar de mirarla mientras caminaba por el pasillo que había entre las sillas plegables, del brazo de su padre y con un ramo de azucenas en la mano.

El sencillo vestido de tirantes casi invisibles fluía por encima de sus curvas, ajustándose en los lugares más adecuados. Llevaba el pelo recogido y adornado con florecitas blancas.

Aunque él estaba perfectamente vestido, con un traje negro carbón y corbata de seda color marfil, se sintió un acompañante inadecuado para tanta perfección.

Cuando Eva llegó a su lado, giró para entregarle el ramo a Beth Harding, que estaba sentada muy cerca.

Al ver la parte posterior del vestido, o más bien su ausencia, tuvo que luchar contra el deseo de alzarla en brazos, llevársela de allí e iniciar la luna de miel sin mayor dilación.

La ceremonia fue breve, con el discreto acompañamiento de un cuarteto de cuerda. Intercambiaron sencillas alianzas de platino con la fecha grabada en su interior. Antes de que se diera cuenta, llegó el momento de besar a la novia.

No le dio a Eva la oportunidad de apartarse. Alzó su barbilla y posó los labios sobre los suyos, con la intención de darle un beso que fuera una promesa sensual: lento, profundo y al mismo tiempo delicado.

Sin embargo, se sintió arrebatado por su hechizo. Los labios de ella se abrieron bajo los suyos y, con un suspiro, se derritió en sus brazos. Sus suaves curvas se amoldaron a su cuerpo y rodeó su cuello con un brazo.

Sintió una explosión de deseo.

Cuando oyó que los invitados se reían y aplaudían, alzó la cabeza con desgana y dio un paso atrás.

Eva estaba algo sonrojada, pero sonrió a su audiencia y recuperó el ramo de manos de Beth.

Mientras caminaban juntos por el pasillo, sus cuerpos se rozaron. Él sintió la tentación de cruzar las puertas que llevaban al salón de los Tremont y seguir andando hacia la puerta principal, subir al coche y emprender rumbo hacia la casita donde tendría lugar su luna de miel, donde podría seducirla en un entorno campestre, rodeados de viñedos.

En vez de eso, una vez dentro de la casa, sonrió mientras posaban ante el fotógrafo y aceptaban las felicitaciones de familia y amigos.

Después, Eva lo abandonó para ir a refrescarse, pero se detuvo por el camino para hablar con los Harding.

Mientras observaba cómo el sol de la tarde la bañaba con una luz etérea, Griffin sintió una profunda satisfacción.

Eva era su esposa. Siempre había deseado tenerla, y por fin la tenía.

–¿Pensando en las nuevas cadenas que te atan?

Se dio la vuelta para mirar a su hermano, que se había acercado mientras contemplaba a Eva.

–¿Cadenas? ¿Eso es lo que son? –murmuró.

Si estaba encadenado, por lo menos era a una deseable sirena que era pura dinamita en la cama.

«Podré soportar esa tortura», pensó.

Negó con la cabeza cuando uno de los camareros se acercó con una bandeja para ofrecerle un canapé de salmón y queso. El cátering del banquete estaba a cargo de una de las empresas que solía contratar Eventos de Diseño.

–Admito que estoy sorprendido –comentó Josh–. Casi habría apostado a que tenderías a convertirte en un solterón empedernido. Dado que ya tuviste doble dosis de responsabilidad con Mónica y conmigo, no creía que fueras a buscar otra en mucho tiempo.

–Eva no puede considerarse una responsabilidad –repuso él, casi sorprendido por la rapidez de su respuesta–. Es una mujer independiente propietaria y gestora de su empresa.

Y una que seguramente golpearía a su hermano en la cabeza con una bandeja de canapés si lo oyera considerarla «una responsabilidad».

Griffin sonrió al imaginarse la escena.

–Sí –aceptó Josh, pensativo–, pero también es una mujer desesperada por tener un hijo. Y cuando hay hijos, hay responsabilidades.

Griffin pensó que, por lo que concernía a sus hermanos, el matrimonio entre Eva y él era convencional, pero con un elemento de conveniencia por ambas partes; el deseo de un hijo de Eva, y su voluntad de casarse y tener descendencia que heredaría tanto Tremont HI como Evgat.

No le había explicado su intervención para poner fin al compromiso entre Eva y Carter. Pero sabía que sus hermanos sentirían curiosidad, sobre todo porque Mónica era consciente de que Eva había estado saliendo con Carter hasta hacía muy poco tiempo.

–Francamente, Mónica y yo esperábamos algo más morboso –bromeó Josh–. Habría sido mucho más interesante que te hubieras casado con Eva tras darle una paliza a otro tipo. Cualquier cosa que diera un poco de chispa a tu imagen.

Griffin pensó que su hermano no tenía ni idea de lo cerca que estaba de la verdad.

–Lamento haberte decepcionado –dijo–. Pero ¿alguna vez te has planteado ser cómico?

–¿Qué? –Josh sonrió y alzó las manos–. ¿Y desperdiciar estos dedos de cirujano? O, peor aún, ¿arriesgarme a que un desaprensivo a quien no le gustaran mis chistes me rompiera un par de ellos?

–Si no recuerdo mal, yo salvé esas manos de un millón de dólares del airado hermano de tu novia del instituto –apuntó Griffin con ironía.

–Acéptalo, Griff –replicó Josh, sin dar marcha atrás–. Eres un tipo responsable. Ya es hora de que aceptes tu naturaleza. Si ves una dama en apuros, corres a rescatarla.

–Cállate, Josh –masculló él.

–La verdad, Mónica y yo tuvimos nuestras dudas cuando nos dijiste que estabas pensando en casarte con Eva Tremont –Josh ladeó la cabeza.

–Suponía que las tendríais.

–A Mónica le preocupaba que últimamente te hubieras estado sintiendo un poco perdido.

–Tal vez simplemente decidí que era hora de asentarme, igual que habéis hecho vosotros dos –dijo Griffin con indiferencia. Pero su hermano lo escrutó.

–Ya –dijo Josh–. Pero ayuda si se trata de la mujer apropiada.

Josh y él miraron a Eva, que estaba al otro lado de la sala.

–Por lo menos ella no es una incauta que vaya a perder el sentido por tu arrogante trasero.

–Gracias –farfulló Griffin–. Tu voto de confianza en mi valía me abruma.

–En cualquier caso –Josh sonrió de oreja a oreja–, tras ver el beso a la novia, creo que Mónica y yo no tenemos nada por lo que preocuparnos.

«Señora de Griffin Slater».

Eva aún estaba acostumbrándose a la sensación que provocaba el titulo en su lengua cuando llegaron a la casita de Griffin en Napa Valley.

Habían salido de casa de sus padres en cuanto acabó el banquete, aún vestidos de novios.

Bajó del coche y admiró la casa. Era una encantadora estructura de dos plantas, con tejas rojas, paredes blancas y contraventanas pintadas de verde.

–¿Te gusta? –Griffin se situó a su espalda–. La compré hace un par de años.

–Empiezo a darme cuenta de que realizaste muchos cambios en tu vida hace un par de años –dijo ella, mirándolo.

–Ven –dijo él–. Te lo enseñaré todo. Podemos sacar el equipaje del coche más tarde.

Ella se levantó el bajo del vestido con una mano y lo siguió.

Griffin abrió la anticuada puerta de madera y se encontraron directamente en el salón. Estaba decorado con tonos masculinos, marrones y rojizos, que habrían hecho que Marcus Tremont se sintiera cómodo de inmediato. De hecho, Eva casi visualizó a su padre relajándose en la tumbona que había en un rincón.

Tras el salón había un comedor con una enorme mesa de planchas de madera que, según le explicó

Griffin, habían sido teñidas, alternativamente, con vino blanco y vino tinto. Las sillas eran de hierro forjado con asiento y respaldo de cuero.

La cocina completaba la planta baja. El suelo era de losetas de barro. Los armarios eran de madera y los electrodomésticos, antiguos. Había también un largo botellero. Del techo colgaban calderos de bronce y las estanterías exponían cuencos de cerámica de vívidos colores.

Unas puertas correderas daban a un porche y a una cocina exterior.

Eva pensó que la planta baja respetaba por completo el estilo típico de Napa.

Regresaron a la parte delantera de la casa y subieron por una anticuada escalera que contaba con una barandilla de madera tallada.

–Arriba hay tres dormitorios, todos con baño privado –dijo Griffin.

–¿Sueles tener invitados?

–No, excepto si consideras un par de visitas de mis hermanos –Griffin la miró de reojo–, pero sólo hace dos años que tengo la casa. Por supuesto, si quieres invitar a gente aquí, no me opondría.

Eva pensó que le gustaría muchísimo tener invitados allí; la casa era perfecta para ello.

Después de echar un vistazo a las dos habitaciones para invitados, Griffin la condujo al dormitorio principal, al final del pasillo.

De inmediato, la asaltaron golpes de colores intensos. Las paredes estaban pintadas de color verde bosque, pero lo que realmente llamaba la atención era la cama de matrimonio, con cabecero de madera oscura y ropa de cama de satén color vino.

Hacer el amor allí sería como hacerlo en un cenador, pensó mientras miraba las verdes colinas tras la amplia ventana de cristales panelados, o como hacerlo entre viñas, sobre un suelo manchado de zumo de uva.

–Dime, ¿qué opinas? –preguntó Griffin.

–¿Siempre organizas tus visitas guiadas de modo que acaben en el dormitorio? –preguntó ella con descaro, para ocultar su tensión.

–Te has dado cuenta –Griffin sonrió lentamente.

–Sí –notó que el aire se espesaba a su alrededor.

–La mayoría de las mujeres captarían la maniobra rápidamente –murmuró Griffin–. Y dado que tú no eres tonta ni despistada, tengo que asumir que has llegado hasta aquí porque deseabas hacerlo.

–Puede –ladeó la cabeza–. ¿Has intentado esto con muchas mujeres?

Él le lanzó una mirada depredadora y ella simuló sentirse ofendida.

Pero cuando iba a apartarse, él rodeó su cintura con un brazo y la atrajo.

El contacto fue eléctrico.

Escrutó su rostro con expresión solemne antes de hablar.

–Eres la única mujer con la que he probado esa táctica.

Capítulo Diez

Estaba tan ansioso por hacerle el amor que Griffin creyó que se sentía como si fuera a salirse de su propia piel.

–Siempre pensé que sólo un hombre duro sería capaz de hacerse contigo.

–¿Crees que estás a la altura? –ella se humedeció los labios.

–Apostaría cualquier cosa a que sí.

Masajeó los músculos de la parte baja de su espalda y sintió cómo se relajaba, al tiempo que sus pezones se endurecían y se clavaban contra él a través del fino tejido del vestido. Se estaba excitando más cada segundo que la tenía en sus brazos.

–Tengo que advertirte algo –dijo ella.

Él sintió ganas de reírse porque ella necesitara hacerle una advertencia. Se habría reído, de hecho, si no se sintiera como un cable conductor de corrientes de deseo.

–¿Hum? –centró los ojos en su boca húmeda y deliciosa, sin dejar de concentrarse en otras partes muy atractivas de su cuerpo–. ¿Qué necesitas advertirme?

–Tengo que advertirte que nunca deseé casarme

con alguien parecido a mi padre. Ni siquiera antes de Carter.

–¿Y yo me parezco a tu padre? –preguntó él, deslizando las manos hacia la cremallera trasera del vestido.

Llevaba horas esperando a descubrir sus curvas. Quería explorarlas sin que se interpusiera barrera alguna.

Eva asintió.

–Das prioridad al trabajo. Estuve a punto de casarme con Carter porque él me prestaba atención.

–Créeme –rió él–, cuentas con toda mi atención.

Como si quisiera dejarlo aún más claro, mordisqueó su cuello mientras bajaba la cremallera.

Necesitaba poseerla ya. Antes de explotar.

Se preguntó por qué estaban hablando de falta de atención cuando su problema era que no podía sacársela de la cabeza en ningún momento. Ocupaba tanto lugar en su mente que le costaba concentrarse en cualquier otra cosa.

–Sólo quiero que conozcas mi postura –dijo ella, con voz entrecortada.

Cuando el vestido cayó al suelo, quedó ante él con sólo unas braguitas de encaje blanco y zapatos de tacón altísimo... toda ella curvas deliciosas y piernas interminables.

–Yo diría que en este momento tu postura es de pie, entre mis brazos y casi desnuda –dijo él con la boca seca.

–Sé serio.

Ella le pedía seriedad. Nunca se había tomado un

momento tan en serio como ése. Estaba total y absolutamente concentrado en acoplarse a ella. Sin embargo, decidió seguirle el juego mientras deslizaba las manos por sus curvas.

–No me hago ilusiones. Sé que sólo buscas mis millones de espermatozoides.

–Me alegra que eso no te moleste.

–Bueno, en este momento resulta difícil resistirse a esos cientos de millones de tipejos que pugnan por salir a la luz.

Era un juego peligroso, pero él estaba listo para ella. Más que listo. La idea de dejar embarazada a Eva hizo que se pusiera duro como una roca.

Depositó una ristra de besos en su mandíbula, después puso las manos en su trasero y la apretó contra él.

Los ojos de ella se oscurecieron y después puso la mano en su nuca y lo atrajo.

El beso fue como un incendio. Sus lenguas se encontraron, lucharon y jugaron.

Él introdujo los dedos entre su cabello, para poder ladearle la cabeza y controlar el beso. Deseaba ser consumido por las llamas. Quería sentirse rodeado por su esencia y perderse dentro de ella.

Cuando por fin alzó la cabeza, jadeaba.

Notó que Eva estaba sonrosada y tenía los labios hinchados y los ojos brillantes.

–Te necesito ahora mismo –dijo él con voz dura.

En vez de contestar, ella deslizó las manos por encima de su erección, con una sonrisa en los labios.

Él gruñó y luego maldijo. La caricia era exquisita y lo llevaba a desearla aún más.

Quería que durase. Quería alargar el momento hasta que ambos estuvieran al borde del precipicio, a punto de rendirse al placer más exquisito, a falta de una sola caricia. Sin embargo, la necesidad de estar dentro de ella era demasiado abrumadora.

Apartó sus manos y ella se dejó caer sobre la cama. Sus sandalias cayeron al suelo.

–Me estás volviendo loco –gruñó él. Empezó a desnudarse.

Ella, apoyada en un codo, le sonría, aparentemente embriagada por la pasión que se respiraba entre ellos.

–He dejado la píldora –le dijo, cuando se quitó los calzoncillos.

–Fantástico. Pasaré la información a los doscientos millones de tipejos interesados.

Ella emitió un sonido que fue mezcla de risa y exclamación.

Él deslizó una mano por su pierna, desde el muslo hasta la rodilla, para luego seguir pantorrilla abajo.

Levantó la pierna, le besó el tobillo y después la planta del pie. Con la otra mano investigó las curvas ocultas bajo la mata de rizos oscuros.

–¡Griffin! –Eva se retorció en la cama.

Eso era justo con lo que él había soñado: Eva desnuda, deseándolo.

–Sí, di mi nombre –dijo, bajando la diminuta prenda de encaje blanco. Quería que recordara quién le estaba haciendo sentirse tan bien.

Se tumbó junto a ella y la colocó sobre él.

Ella se sentó a horcajadas sobre él y algunos mechones de su cabello, que se habían soltado, le cosquillearon el rostro.

Su mirada topacio sostuvo la de él mientras descendía lentamente sobre él, centímetro a centímetro. Cuando por fin estuvo completamente dentro de ella, ambos exhalaron un suspiro de satisfacción.

Él empezó a moverse y ella se acopló a su ritmo.

Arqueó la espalda y su cabello oscuro enmarcó como tinta china la piel suave y marfileña de su rostro.

Subieron y subieron, hasta llegar al pico más alto; los gemidos de Eva se mezclaban con la respiración agitada de él.

Cuando por fin sintió que llegaba el orgasmo de Eva, en oleadas largas e intensas, sintió un inmenso placer por haber conseguido rendirla.

Entonces emitió un gruñido y se dejó ir él también, con una explosión que lo lanzó al vórtice de un torbellino.

–¿Hola? –llamó Griffin, cerrando la puerta a su espalda.

Era miércoles y había decidido regresar pronto a casa para sorprender a Eva.

En realidad, no era cierto. Había regresado pronto porque necesitaba ver a Eva, estar con ella.

Durante las dos semanas que habían pasado desde que regresaron de la breve luna de miel, notaba que su mente se perdía con regularidad en fantasías eróticas. No podía sacársela de la cabeza, y no deseaba hacerlo.

Dejó el maletín de cuero en la consola de la entrada y se aflojó la corbata.

–¿Hola? –repitió.

Tal vez Eva estuviera fuera. Trabajando, de compras o visitando a una amiga. Sintió un pinchazo de decepción. Se había acostumbrado a volver a casa y encontrar a alguien.

La casa de Pacific Heights había cobrado vida desde que Eva se había instalado en ella.

Tras el fin de semana largo que pasaron en Napa, un equipo de mudanzas había trasladado las pertenencias de Eva desde su piso en Russian Hill a la mansión de Pacific Heights.

En cuanto Eva decidiera qué quería hacer con el resto de sus muebles, él se ocuparía de alquilar su piso.

No tenía ninguna prisa. La había apremiado para llevarla al altar, pero podía tener toda la paciencia del mundo mientras se acostumbraban a estar casados.

Oyó una música distante y se quedó inmóvil. Parecía ser una pieza clásica.

Miró escalera arriba. La música parecía provenir de la segunda planta.

Se soltó la corbata del todo y subió los escalones de dos en dos.

En el descansillo, echó un vistazo a las puertas cerradas. Un momento después, caminó con decisión hacia uno de los dormitorios de invitados que aún seguían sin estar amueblados.

Giró el pomo y abrió la puerta. La sorpresa lo dejó clavado en el sitio.

Eva saltaba, se agachaba y extendía los brazos en la habitación vacía, sin ser consciente de su presencia. Llevaba unas mallas negras y zapatillas de ballet a juego, y tenía el pelo recogido en una cola de caballo.

En un rincón había un reproductor de MP3, situado en una base de altavoces. La música, etérea y bonita, flotaba en la habitación mientras Eva se ponía de puntas, con los brazos abiertos.

Griffin contuvo la respiración. Sabía que había tomado lecciones de ballet durante años, pero no que había seguido bailando.

Observándola, sintió que su cuerpo se tensaba y excitaba. Ella parecía delicada y aérea en cada uno de sus gestos.

Hizo una pirueta y por fin lo vio. Sus ojos se ensancharon, pero el fluido movimiento no se interrumpió hasta que, unos segundos después, hizo una reverencia y la música llegó a su fin.

Después se enderezó y dejó caer los brazos a los costados. Él aplaudió con entusiasmo.

–Hola –saludó ella, con el corazón obviamente acelerado debido al esfuerzo.

–Hola –sus labios se curvaron hacia arriba–. No sabía que seguías bailando –dijo.

–Sólo en casa, y como diversión.

–¿Tienes alguna otra destreza que debería conocer?

Ella alzó un hombro con gesto negligente.

–Ballet, billar… ah, sí, y planificación de fiestas. Eso es todo.

–Impresionante –sonrió él.

Ella resopló y los finos mechones de pelo que se habían soltado revolotearon ante su rostro.

–Cuando inauguré Eventos de Diseño aceptaba a todos los clientes que llamaban a la puerta –lo miró a los ojos, como retándolo a reírse–. Terminé organizando montones de fiestas infantiles, para las que me disfrazaba de bailarina.

–Debe de haber sido una forma muy interesante de iniciar una empresa –dijo él, con cara de póquer.

–No me importaba. Siempre deseé tener familia numerosa, y era una manera de estar rodeada de niños.

–Puedo imaginarte perfectamente con un traje de tul color rosa –dijo él con una sonrisa.

De repente comprendió que Eva debía de tener una verdadera afinidad con los niños. La posibilidad de ser infértil debía de haber sido un duro golpe para ella. Al mismo tiempo, comprendió que pensar en tener montones de hijos con ella no lo molestaba en absoluto.

–Sí, era de tul rosa –confirmó Eva–. Habría quedado perfecta encima de una tarta.

Él soltó una carcajada.

–Veamos, respecto a esa idea de tener una familia numerosa... –ella se sonrojó–, ¿anhelas una gran familia porque...?

–¿... fui hija única? –ella negó con la cabeza–. No quiero que pienses que fui infeliz de niña, mis padres eran una maravilla. Pero cuando iba a casa de mis amigos, veía lo bien que lo pasaban con sus hermanos.

Él comprendió perfectamente esa percepción.

–Cuando mis padres murieron, fue muy bueno tener a mis hermanos a mi lado.

Eva lo miró sorprendida.

–¿No pensaste que ocuparte de tus hermanos era una carga?

Griffin adivinó que probablemente alguien, Marcus, o tal vez Mónica, le habría comentado a Eva algunos detalles sobre su vida en los años que siguieron a la muerte de sus padres.

–Hubo momentos en los que me pareció una carga –admitió–, pero ahora también me doy cuenta de lo afortunado que fui.

–Me gustan mucho tu hermano y tu hermana –comentó ella–. Son muy agradables.

–¿Y yo no? –bromeó él. Contempló cómo se sonrojaba. Empezaba a disfrutar provocando esas adorables reacciones en ella.

–Has vuelto a casa pronto –dijo ella, en vez de contestarle directamente.

–Sí –afirmó. El objetivo de ese matrimonio era que ella se quedara embarazada; ¿cómo podía anunciarle a su esposa que volvía pronto a casa porque no soportaba estar lejos de ella?

–No pretendía acaparar esta habitación para mis prácticas de ballet –dijo ella, mirando a su alrededor.

–También es tu casa –apuntó él–. A mí no me molesta.

No le molestaba en absoluto. Le resultaría muy fácil acostumbrarse a volver a casa y que su esposa bailara para él. Sin duda.

–¿Qué te parece que convirtamos esta habitación

en la sala de ballet? –sugirió–. Está vacía, y no se me ocurre una utilidad mejor que darle.

–¿No te importa? –preguntó ella, dubitativa.

–No –le dedicó una sonrisa seductora–. Sobre todo si puedo disfrutar de representaciones de baile privadas.

–Creo que eso podrá gestionarse –contestó ella con timidez.

–Bien –se acercó hacia ella, la rodeó con los brazos y ella emitió un suspiro antes de que sus labios se encontraran.

Después no hablaron durante un largo rato, mientras él se ocupaba de demostrarle hasta qué punto le interesaba ser un mecenas de la danza.

Griffin se despertó sintiéndose de maravilla.

El dormitorio estaba a oscuras y un vistazo al despertador le reveló que era poco más de medianoche.

Miró a su lado y comprendió que Eva no estaba en la cama. Arrugó la frente y después supuso que debía de haberse despertado y bajado a tomar un vaso de agua, o algo así.

Hundió la cabeza en la almohada nuevamente, y dejó que su mente rememorara los acontecimientos de la velada anterior.

Desde la recién adjudicada sala de ballet, había llevado a Eva al dormitorio y habían hecho el amor tumbados encima de la cama.

Después se habían divertido preparando la cena. Había descubierto, desde que vivían juntos, que las dotes de planificadora de fiestas de Eva se extendían a otras áreas, y que era una auténtica maga mezclando ingredientes diversos para preparar una comida rápida.

No había tardado nada en cocinar pollo a la carbonara, mientras él hacía una ensalada de espinacas, con almendras y gajos de naranja.

Después de cenar, habían recogido juntos, siguiendo la rutina que habían adoptado en el breve lapso de tiempo que llevaban casados. Y luego habían tenido una larga sobremesa, tomando el café en el salón, con una suave música jazz de fondo.

Igual que en noches anteriores, su conversación había sido amplia y variada. Griffin había descubierto que, mientras a él le gustaba el jazz, ella tendía a preferir la música clásica y de ballet. Pero ambos eran seguidores del equipo de fútbol americano San Francisco 49ers y, por lo visto, compartían su afición a las marchas campestres y la bicicleta de montaña.

Eva había alegado que la marcha mantenía sus piernas en forma para el ballet, y él había alegado que le gustaba mucho la forma de sus piernas. Ella lo había golpeado con un cojín del sofá y, para su satisfacción, habían acabado en posición horizontal por segunda vez en esa velada.

Empezó a preguntarse por qué Eva no regresaba a la cama. Bajó de la cama y fue hacia la puerta, cubierto sólo con los calzoncillos.

Cuando llegó abajo se encaminó hacia la cocina. Pero de camino, un ruido en su despacho hizo que se detuviera. Fue hacia la puerta y la abrió unos centímetros. Se veía una luz parpadeante, como si alguien estuviera viendo la televisión.

Abrió la puerta más y vio a Eva sentada ante su escritorio, de espaldas a él, mirando la pantalla de su ordenador.

Se quedó helado al comprender qué estaba viendo: el DVD del encuentro sexual de Carter.

No salía ningún sonido del ordenador, así que debía de haber apagado los altavoces.

Por encima de la espalda de Eva, Griffin observó cómo Carter y su amante bajaban del coche y se estiraban la ropa.

Un momento después, Griffin decidió apartarse de la puerta e irse. Sus pies lo llevaron hacia la escalera. Iba a volver a la cama. Pero era obvio que no podría dormir.

Eva debía de haber encontrado las pruebas suministradas por Ron en el cajón del escritorio. Deseó no haber sido tan descuidado dejándolas allí. Debería haberlas llevado a la oficina, pero lo cierto era que no había querido que nadie allí las descubriera accidentalmente.

Por supuesto, con Eva viviendo en la casa, era lógico que hubiera descubierto ella misma la maldita grabación. Admitió para sí que debería haber destruido las pruebas hacía muchas semanas.

Griffin sintió que la tensión le atenazaba el estómago.

Si Eva se había molestado en buscarlas, eso sólo podía querer decir que no había olvidado por completo a Carter.

Se dijo que no había nada extraño en que Eva siguiera pensando en Carter. Al fin y al cabo, no hacía mucho tiempo que su relación con él había concluído; y había sido él mismo quien la había apremiado para llevarla al altar.

Porque la deseaba como un poseso.

Aun así se preguntó si la curiosidad de Eva se debería a algo más. Tal vez estuviera arrepintiéndose de haber alejado a Newell de su vida sin darle una segunda oportunidad.

A juicio de Griffin, las últimas semanas habían demostrado claramente que Eva y él formaban una pareja fantástica.

Pero Eva podría haber estado teniendo dudas con respecto a su matrimonio.

Capítulo Once

Eva miró a la doctora con horror.

Era una soleada tarde de jueves y había ido a lo que creía sería un examen ginecológico rutinario. Pero en cambio, habían dejado caer una granada en su regazo.

Había sido paciente de Leticia Bainbridge durante casi una década. Su doctora era una mujer enérgica de poco más de cincuenta años, casada y madre de dos adolescentes.

Observaba los labios de la doctora Bainbridge moverse, pero era incapaz de procesar las palabras. Quedaban ahogadas por el sonido de las campanadas a muerto que en ese momento tocaba su fertilidad.

–Fibromas uterinos... esperaremos a ver... Cirugía... Una posible miomectomía...

Un examen rutinario había llevado a su doctora a descubrir que tenía el útero levemente agrandado.

La habían trasladado a otra sala de examen, donde un ultrasonido abdominal había confirmado la presencia de crecimientos anómalos en su útero.

–¿Cómo ha podido ocurrir algo así sin que yo lo notara? –preguntó–. No he tenido ningún dolor.

–No todas las mujeres experimentan síntomas –le explicó la doctora Bainbridge con amabilidad.

–No has mencionado la histerectomía –se obligó a decir Eva.

Se sentía temblorosa e inestable.

Si le quitaban el útero, cualquier posibilidad de quedarse embarazada desaparecería para siempre.

–Hoy en día hay otras opciones, aparte de la histerectomía –dijo la doctora Bainbridge–. Podríamos intentar encoger los fibromas mediante radiología o embolización, o realizar una miomectomía, que en tu caso seguramente sería la mejor opción. Mediante una miomectomía, retiraríamos los fibromas quirúrgicamente, dejando el útero intacto.

–Aun así –persistió Eva–, esto significa que mis posibilidades de quedarme embarazada se reducen bastante, ¿no?

Apenas podía soportar enfrentarse a la cruda verdad. Era injusto recibir otro golpe en ese sentido. Ya era bastante malo que su producción de óvulos estuviera disminuyendo rápidamente. Día a día, de hecho.

–Puede que te resulte más difícil concebir, sí –confirmó la doctora Bainbridge con cautela.

¿Más difícil? Eva repitió las palabras mentalmente. Si era mucho más difícil, sus posibilidades serían casi nulas. Una pareja normal sólo tenía un veinte por ciento de posibilidades de concebir un mes cualquiera.

De repente, deseó echarse a llorar. Sin embargo, no lo hizo.

–Gracias por explicarme el diagnóstico –dijo con voz carente de emoción.

Pensó en Griffin y recordó la frase que había dicho: «Sólo te interesan mis millones de espermatozoides».

Su matrimonio se basaba en un acuerdo claro de concebir a un niño. Dado que la concepción había pasado a ser más difícil que nunca, ¿dónde quedaba su matrimonio?

De repente, comprendió con claridad diáfana que en algún momento el objetivo de tener un hijo se había transformado en el sueño de tener el hijo de Griffin.

Estaba enamorada de su marido.

Esa comprensión, en vez de provocar el estallido de júbilo que habría supuesto una hora antes, le causó un intenso pánico.

–Te dejaré para que te vistas –dijo la doctora Bainbridge–. Estoy segura de que hablaremos más del tema los siguientes días y semanas.

Cuando la doctora salió de la sala, Eva se bajó de la camilla, se quitó la bata y empezó a vestirse.

Esperaba que le temblaran las manos, pero no fue así. El tumulto se desataba en su interior.

Las últimas semanas pasadas con Griffin habían sido algunas de las mejores de su vida. Por fin se sentía como si estuviera viviendo a todo color.

Sus vidas se habían fundido con una facilidad que no había creído posible. Pero aunque se habían acomodado el uno al otro, su vida sexual seguía siendo una auténtica vorágine.

Se sonrojó al recordarlo. Habían practicado el sexo en cualquier postura imaginable, e incluso en algunas que nunca se le habían ocurrido antes. Pero, por lo visto, a Griffin sí.

Rememoró, en concreto, un encuentro especialmente ardoroso que habían tenido la semana anterior, después de que él la descubriera practicando ballet en uno de los dormitorios vacíos.

Más tarde, esa misma noche, mientras contemplaba a Griffin dormir, con el rostro relajado y el pecho subiendo y bajando acompasado, había comprendido que sus sentimientos por él empezaban a complicarse.

Él había bromeado sobre el hecho de no ser más que un donante de esperma, pero la realidad era que empezaba a meterse bajo su piel.

Inquieta y desvelada, había abandonado la cama.

Su intención había sido ir a la cocina a por un vaso de leche pero, en cambio, se descubrió haciendo una pausa ante la puerta del despacho de Griffin.

Sin saber bien qué pretendía hacer, había entrado y encendido el ordenador. Tras navegar por Internet unos minutos, había abierto uno de los cajones del escritorio.

Había visto, de inmediato, el DVD que ya había visto unos días antes, cuando buscaba una libreta para tomar notas durante una conversación telefónica con un cliente potencial. El DVD estaba etiquetado con el nombre de Carter y habría sido imposible no verlo.

Esa segunda vez, no titubeó. En mitad de la noche, había introducido el DVD en el ordenador y lo había visto hasta el final.

Y no había sentido absolutamente nada.

Volvió a la realidad y miró la pared blanca de la sala. Griffin era su presente.

Su amante. Su marido. El hombre al que amaba.

Era difícil pensar en estar casada con él mientras lo amaba con desesperación y él no la consideraba más que una conveniencia. Pero era mucho peor pensar en hacerlo mientras intentaba vanamente, año tras año, quedarse embarazada.

Embargada por una increíble y creciente desazón, comprendió que tendría que contarle a Griffin el diagnóstico de la ginecóloga y ofrecerle una salida.

Aunque eso le costara perder su corazón.

Cuando llegó a casa, una hora después, Griffin la recibió al entrar.

–Has vuelto pronto –comentó ella.

Había esperado tener más tiempo para prepararse respecto a lo que tenía que decir, pero en realidad eso sólo habría prolongado su agonía.

–Me alegro de que estés de vuelta –Griffin le dio un rápido beso en los labios. Sus ojos chispearon–. He tenido una iluminación en el trabajo.

Hizo una pausa, como si esperase que ella adivinara de qué se trataba. Como Eva se limitó a mirarlo, sin decir palabra, sonrió.

–Danza del vientre –dijo.

Ella lo miró interrogante y la sonrisa de él se amplió de oreja a oreja.

–Se me ha ocurrido que podrías dar un nuevo giro a tu aptitud como bailarina. Sabiendo lo que hace el ballet por nuestra vida sexual, imagina qué efecto tendría la danza del vientre.

Ella le lanzó una mirada aviesa y él adoptó una expresión solemne.

–Simplemente por el objetivo de dejarte embarazada, claro –apuntó.

–Claro –repitió ella.

Sabía que él bromeaba, pero que le recordara el propósito que los había llevado al matrimonio hizo que se le encogiera el corazón.

–Ven a la cocina y te serviré algo de beber –Griffin le guiñó un ojo–. Algo sin alcohol, por si acaso ya hemos iniciado ese bebé.

El corazón de ella se encogió de nuevo.

–Cuéntame cómo te ha ido el día –dijo él, poniendo rumbo hacia la cocina–. ¿Qué tal tu visita al médico?

–Noticias inesperadas, la verdad –hizo acopio de coraje–. Ha surgido otro obstáculo en mi carrera para quedarme embarazada.

Griffin se dio la vuelta y se quedó inmóvil.

–¿Qué quieres decir?

–Quiero decir que me han diagnosticado fibromas uterinos –inspiró profundamente–. Muchas mujeres los tienen, pero en mi caso es posible que sea necesaria una operación, sobre todo si quiero seguir aferrándome a mi fertilidad.

Al ver que Griffin fruncía el ceño, se mordió el labio inferior.

–Es imposible saber cómo de difícil me resultará quedarme embarazada tras una intervención –dijo–.

Y como ambos sabemos bien, mis posibilidades de embarazo ya eran escasas para empezar.

–Ay, gatita –Griffin soltó un resoplido–, lo siento mucho.

–Debería dar gracias al cielo porque hoy en día existan otras opciones, aparte de una histerectomía –intentó soltar una risita, sin éxito.

Griffin dio un paso hacia ella, pero Eva lo detuvo. Sabía que, si la tocaba, se echaría a llorar. O, peor aún, le suplicaría que se quedara con ella.

–No he terminado –dijo.

–¿Hay más?

Eva pensó que tenía aspecto de estar preguntándose qué más hacía falta decir, tras ese martillazo al último clavo del ataúd de su fertilidad.

–Nos casamos por una razón específica –dijo ella–. Por supuesto, ahora que esa razón ha desaparecido, no espero que cumplas con el acuerdo.

La expresión preocupada de Griffin se disolvió.

–¿Qué quieres decir? Tú misma has dicho que no sabes con seguridad si podrás quedarte embarazada o no.

Ella se obligó a mantener una expresión neutral y la voz firme.

–Exacto. No lo sé con seguridad, pero sí sé que las perspectivas son malas. No hay razón para seguir juntos por la fútil esperanza de que algún día consiga quedarme embarazada.

–¿Y ya está? –Griffin la miró ceñudo–. ¿Vas a tirar la toalla?

–Nos casamos por una razón específica –repitió ella.

–Sí, y ahora pretendes incumplir nuestro acuerdo.

Ella sintió cómo afloraba la ira en su interior. Estaba enfrentándose al final de su sueño de tener una familia y un matrimonio, pero él sólo hablaba de incumplimiento de contratos.

–¿Tan desesperado estás por que alguien de tu sangre herede Tremont HI? –le espetó–. Si es así, ¿por qué no hablas con mi padre? Estoy segura de que podría arreglarse, incluso sin mí.

Griffin apretó los labios con ira.

–Si quieres marcharte, puedes hacerlo.

–Viviré en mi piso mientras solucionamos los detalles –contestó ella.

Él asintió, se dio la vuelta y desapareció por el pasillo.

Un momento después, Eva oyó un portazo.

Pensó que era una suerte no haber alquilado o vendido aún su piso de la ciudad. Sería un buen refugio mientras olvidaba a Griffin.

Si es que alguna vez conseguía olvidarlo.

Griffin maldijo para sí. Tomó un sorbo de brandy y deseó que fuera tan bueno como el de Marcus.

Había oído a Eva salir de casa hacía una hora, pero él seguía encerrado en su despacho. No iba a suplicarle que se quedara.

A pesar de que las últimas semanas hubieran sido de las mejores de su vida. A pesar de haber formado con ella un vínculo más profundo que con ninguna otra mujer.

Si quería marcharse, podía hacerlo.

Pensó, con ácido humor, que él y sus doscientos millones de espermatozoides se lo tomarían como hombres y podrían soportarlo.

Tomó otro trago de brandy y lo reconfortó el calor que descendió por su garganta hasta llegarle al estómago.

Debería haber sabido que su relación con Eva terminaría así. Ya había recibido una pista la semana anterior, cuando la pilló viendo la grabación de Carter practicando el sexo. Desde ese día había estado ignorando el pinchazo de inquietud que rondaba su mente.

Blasfemó en voz alta.

Las cosas entre ellos no habían acabado.

La seduciría, si era necesario. El sexo no era lo único que había entre ellos, pero era un buen principio para hacerle comprender cuánto más había.

Por mucho que deseara tener hijos con Eva, lo que quería de verdad, lo que necesitaba, era a Eva misma.

–¿Divorciarte?

Su padre repitió las palabras, pero su expresión sólo denotaba incredulidad.

Eva había llegado a la mansión de sus padres unos minutos antes, y los había encontrado desayunando en la galería.

Su padre leía el periódico, con un plato de huevos y tostadas ante sí. Su madre bebía té y revisaba la correspondencia que había junto a su plato.

Ambos parecían contentos y risueños, hasta que Eva dejó caer el bombazo.

En ese momento Eva se preguntaba cómo no habían notado que algo iba muy mal en cuanto entró en la habitación. Estaba agotada, tras pasar dos noches en vela.

Tras su conversación con Griffin, dos días antes, había recogido algunas pertenencias personales y había vuelto a Russian Hill, donde había llorado amargamente en la intimidad de su antiguo dormitorio.

–¡No puedes divorciarte! –su padre apartó la silla y se levantó–. ¡Acabas de casarte, por Dios santo! ¿O es que lo has olvidado?

–No he olvidado nada.

Normalmente, el sarcasmo era índice de la irritación de su padre, pero ella estaba demasiado cansada para discutir.

–¿Intentas competir con una de esas estrellas de Hollywood para ganar el premio al matrimonio más corto? ¿Dos horas y treinta y siete segundos? –exigió su padre–. Porque si es el caso, te recuerdo que prefiero que el apellido Tremont siga siendo respetable.

–Oh, Marcus –interrumpió su mujer, levantándose–. ¿No ves que Eva ya está bastante afectada sin que tú lo empeores?

–¿Afectada? –casi gritó él–. Esto... –se clavó un dedo en el pecho– sí que es estar afectado.

Eva contempló a su madre acercarse; un momento después sus brazos la acogían en un reconfortante abrazo.

–Sabía que mi felicidad era demasiada para durar

mucho tiempo –gruñó su padre, entornando los ojos–. ¿Por qué quieres divorciarte de Griffin?

–Me alegra que por fin hagas esa pregunta –Eva se apartó de los brazos de su madre.

–¿No te habrá engañado? –preguntó su padre con súbita suspicacia.

–No.

–Entonces, ¿qué?

¿Qué podía decir ella, «Estoy enamorada de Griffin, pero no puedo seguir casada con él»?

Era demasiado difícil de explicar, así que Eva suspiró con cansancio.

–¿Importa eso en realidad?

–No puedes divorciarte de él –le replicó su padre–. ¡Le ofrecí una parte de Tremont Holding Inmobiliario si se casaba contigo!

Un silencio atónito siguió a esa afirmación.

–¿Qué? –exclamó Eva, incrédula–. ¡No te creo!

–¡Marcus! –dijo su madre, también asombrada–. ¿Cómo pudiste hacer algo así?

–Le ofrecí parte de mis acciones, Audrey –respondió él, escrutando la expresión de ambas.

Eva sintió una oleada de ira.

–¿Me puedes explicar en qué se diferencia Griffin de Carter, si aceptó una participación en Tremont HI a cambio de casarse conmigo? Eso también lo convierte en un cazafortunas.

–Griffin se ha ganado una participación en Tremont HI –su padre tensó la mandíbula–. Recibe un salario nominal como director ejecutivo, pero ha sido su habilidad inversora lo que ha situado a la empresa en la envidiable situación que ocupa hoy en día.

–Entonces, ¿por qué no te limitaste a ofrecerle parte de la empresa? –preguntó ella–. ¿Por qué vincularlo a que se casara conmigo?

–La empresa se llama Tremont HI por una buena razón –afirmó su padre con testarudez–, y seguirá en manos de los Tremont mientras yo tenga fuerzas para respirar.

–Eso ahora es más improbable que nunca –Eva apretó los labios.

–¡Ya lo sé! ¡Estás pensando en divorciarte de Griffin!

Eva se preguntó qué diría su padre si le hablara de su visita al médico, pero pensó que ya le había dado suficientes disgustos por un día.

–¿Cómo pudiste? –le exigió–. ¿Cómo pudiste sobornar a Griffin? –lanzó una mirada fulminante a su padre, giró sobre los talones y se marchó.

En vez de ir a su casa o a la oficina, subió al coche y puso rumbo a la mansión de Pacific Heights.

Griffin estaba acostumbrado a enfrentarse a sus contrincantes en tratos de negocios, pero no tenía ni idea de lo que era enfrentarse a la ira desatada de una Tremont.

Capítulo Doce

Cuando llegó a Pacific Heights, una hora después, tenía la cabeza a punto de estallar.

Abrió con su llave y dio un portazo a su espalda.

Sólo tuvo que esperar unos segundos hasta que Griffin apareció en el arco que conducía a la parte trasera de la casa.

Eva había supuesto que estaría en casa a esa hora, porque era sábado y no tenía que ir a trabajar. Además era el día que aprovechaba para dormir un poco más. Sin embargo, le pareció que tenía aspecto cansado.

–Eres un miserable, un maldito… –fue incapaz de seguir. La ira la había vuelto incoherente.

Él la contempló un instante y después un lado de su boca se curvó hacia arriba con sorna.

–Bueno, tengo que reconocer que resultas refrescante –farfulló–. Tú pides el divorcio y resulta que yo soy el miserable y el maldito sinvergüenza.

–Gracias por ofrecerme la palabra adecuada. Aunque puede que «sinvergüenza» sea un término que se queda corto –cruzó los brazos–. ¿Qué me dices de «mentiroso»? O, espera… –descruzó los brazos y chasqueó los dedos, como si acabara de tener una súbita inspiración–, ¿qué me dices de «cazafortunas», «cazaherederas» o alguna de esas otras palabras que definirían a Carter?

–No se te ocurra compararme con Newell –Griffin frunció el ceño.

–Sois tal para cual –contestó ella con dulzura.

–¿De qué estás hablando?

–Vamos, Griffin –repuso ella con impaciencia–. Mi padre me lo ha contado.

–¿Qué te ha contado?

–Que te ofreció una parte considerable de Tremont HI si te casabas conmigo. No te bastaba con que nuestro hijo... –casi se atragantó al decir la palabra– heredara la empresa, también querías una parte para ti, ¿no?

Hacía dos días, en un momento de cólera, le había sugerido que llegara a un acuerdo con su padre respecto a una participación en la empresa. No había tenido ni idea de que él ya se había ocupado de ese pequeño detalle.

El rostro de Griffin reflejó emociones diversas. Tardó un momento en contestar.

–Eso te ha molestado, ¿eh? –dijo con voz ecuánime.

–¿Tú que crees? –replicó ella–. ¿En qué te diferencias de Carter?

–¿En que yo no te he engañado? –ofreció él.

–Respuesta incorrecta –dijo ella, encolerizándose aún más por su irónica respuesta.

–¿Te ha molestado que pudieran haberme sobornado para que me casara contigo? Me pregunto por qué, aunque tengo una teoría.

–Seguro que es interesante –dijo ella con una risa amarga.

Pensó que golpearlo con una bandeja o clavarle un tenedor sería demasiado bueno para él. Sería mejor asarlo sobre la llama de una fondue…

Griffin asintió pensativo y se acercó a ella, aparentemente inconsciente de que vibraba de cólera.

–¿Quieres oír mi teoría? –preguntó.

–Me muero de ganas.

–Me quieres.

–Sí, claro –escupió ella, aunque se le había acelerado el pulso–. ¿Acaso las palabras «hipócrita», «mentiroso» y «cazafortunas» no significan nada para ti?

–Sí, pero todas esas cosas son como una gota en el océano, comparadas con el hecho de que me quieres y piensas que te he traicionado.

–Olvidas que lo sé todo sobre la traición –contestó ella con frialdad–. Es algo que ya no me impresiona.

–No amabas a Carter. Pero a mí sí.

Ella se quedó sin respiración ante tanta arrogancia.

–¿Y si te dijera que nunca recibí un pago de tu padre? –preguntó él, escrutando su rostro.

–¿Qué?

–No recibí una participación en Tremont HI a cambio de casarme contigo –dijo él, mirándola a los ojos.

–Eso es imposible –ella se aferró a los datos que conocía–. Mi padre acaba de decirme que te ofreció acciones de Tremont HI.

–Que me las ofreció, sí. Que las acepté, no.

Ella rememoró con frenesí la conversación con su padre. Él había dicho «ofrecí». Había una diferencia, sin duda.

–Me ha equivocado a propósito –comprendió ella, mirando a Griffin fijamente.

Griffin asintió y a ella se le encogió el estómago. De repente, se sentía vacía y llorosa.

–Lo siento –consiguió decir un momento después–. Me doy cuenta de que mi batalla no es contigo.

Se volvió hacia la puerta, pero antes de que pudiera dar un paso, Griffin agarró su brazo.

–Eva, espera.

–¿Por qué? –balbució ella confusa–. ¿Por qué ha querido inducirme a error?

Los labios de Griffin se curvaron con una leve sonrisa.

–Sospecho que imaginó que eso te haría venir a enfrentarte conmigo y que entonces arreglaríamos las cosas entre nosotros.

–Un sentimiento loable, pero sigo furiosa con él sólo por haberte hecho la oferta.

–No creo que lo propusiera como un trato firme, condicionando las acciones de Tremont HI a mi matrimonio contigo –reflexionó Griffin–. Supongo que pensó que me merecía cierto crédito por los últimos éxitos de la empresa…

–Bueno, eso es indudable.

–… y ofrecerme las acciones era más un reconocimiento por mis logros en el pasado que por… digamos, acciones futuras.

–¿Te refieres a seguir casado conmigo y, con un

poco de suerte, iniciar otra generación de Tremonts? –inquirió ella.

Griffin asintió. Seguía agarrando su brazo y acariciaba su piel trazando círculos con el pulgar.

–Creo que se sintió aliviado cuando rechacé su oferta.

A su pesar, Eva empezó a sentirse mucho más tranquila.

–Tienes que admitir que tenía razones para estar preocupado, después de tu reciente relación con un cazafortunas.

–Me gustaría creerte.

–Créelo –dijo Griffin–. Marcus sólo mencionó entregarme parte de la empresa después de que le dijera que te había propuesto matrimonio. La boda ya era cosa hecha. En realidad, ya me había ofrecido parte de la empresa varias veces antes, para asegurarse de que siguiera ocupando el puesto de director ejecutivo.

–¿En serio? –lo miró sorprendida. Él asintió.

–Y siempre las he rechazado.

Mientras ella intentaba procesar esa nueva información, los ojos de Griffin chispearon burlones.

–No necesitaba esa zanahoria para casarme contigo –dijo–. Siempre has sido mi heredera favorita.

Los ojos de Eva se llenaron de lágrimas y tuvo que parpadear para contenerlas.

–Gatita...

Ella intentó soltarse, pero él la rodeó con los brazos.

–No, déjame marchar… Tengo que… que…

–Adoptaremos.

–No, eso no es lo que tú quieres. Este matrimonio fue sólo para que yo me quedara embarazada.

–Puede que yo no me casara para dejarte embarazada. Puede que no lo hiciera para obtener parte de Tremont HI.

–Desde luego, no lo hiciste porque necesitaras dinero –sollozó ella.

–Puede que me casara porque te quiero.

–No puede ser –sollozó ella, a pesar de que el corazón le había dado un vuelco.

–¿Vas a dejar de decirme lo que quiero y lo que no quiero? –Griffin se echó a reír.

–Ni siquiera te caía bien.

–La verdad es que luché para no desearte durante demasiado tiempo. Cuando estuve a punto de perderte a manos de Carter, supe que era hora de pasar a la acción.

–¿En serio?

–Supuse que, si estabas dispuesta a conformarte con Carter, también podrías conformarte conmigo.

–Ibas a dejar que me divorciara de ti.

–Ni lo sueñes –la contradijo él–. Incluso en California, el divorcio está legislado y exige motivos. Iba a luchar por ti. Por nosotros.

Ella dejó escapar un suspiro trémolo.

–A veces me he preguntado por qué me resultaba tan difícil encontrar al hombre ideal, a pesar de saber que contaba con menos tiempo que otras mujeres para tener hijos. Creo que me comprometí con Carter simplemente porque estaba disponible en el momento adecuado.

–En eso tienes toda la razón –dijo Griffin con voz seca.

–En realidad, siempre fuiste tú, y no quería que lo fueras –admitió ella, mirándolo a los ojos–. Fuiste la mano derecha de mi padre durante años, y yo odiaba eso. Incluso tenía un mote para ti, don Arreglatodo.

Griffin suspiró, pero la miró comprensivo.

–¿Podemos separar nuestra relación de Tremont HI definitivamente? –sugirió.

–Ahora sí –asintió ella.

–¿Puedes decírmelo con tus propias palabras? –pidió él, con urgencia–. Necesito oírtelo decir.

Ella comprendió lo que pedía y también que era un hombre fuerte. Lo bastante fuerte como para atreverse a exponer su vulnerabilidad ante ella y también para animarla y darle coraje.

–Te quiero, Griffin –dijo, mirándolo con ternura.

Él soltó el aire de golpe y sonrió.

–Por si no lo sabías, yo también te quiero –dijo. Introdujo las manos entre su cabello e inclinó su cabeza hacia atrás para besarla. Después procedió a demostrarle la verdad de sus palabras.

Tardaron un buen rato en volver a sentir la necesidad de hablar.

–¿Te has preguntado alguna vez de dónde viene el nombre Evgat? –preguntó Griffin, cuando yacían abrazados y exhaustos en la cama.

–No, ¿por qué?

–«Ev» de Eva, y «gat» de gatita –confesó él, con una sonrisa traviesa.

–No –ella levantó la cabeza que tenía apoyada en

su pecho para mirarlo a los ojos. Él se rió al oír su tono incrédulo.

–Como dije antes, siempre has sido mi heredera favorita.

–Creí que no te gustaba, ni tampoco mi trabajo –le dio un puñetazo juguetón en el brazo–. Nunca ibas a las fiestas organizadas por Eventos de Diseño.

–Las evitaba a propósito –admitió él–. No quería sentirme tentado por ti.

Eva pensó, maravillada, que ese hombre era milagroso para su autoestima y lo amó aún más por ello.

–¿Por qué no te limitaste a rendirte a la tentación? –inquirió.

–Cuando por fin terminé de sacar adelante a mis hermanos, pensé que había tenido suficientes responsabilidades para toda una vida, y una relación con la hija del jefe sin duda habría resultado complicada.

–Mónica me contó no hace mucho hasta qué punto te habías ocupado de Josh y de ella –Eva se apoyó sobre el codo–. Hasta ese momento, yo sólo te veía como el brazo derecho de mi padre. El tipo que me despreciaba a mí y a mi trabajo.

–Disfrutaba pinchándote –admitió él–. Sentía una descarga de adrenalina cada vez que discutía contigo. Pero desde el momento que te vi en plena acción, dirigiendo Eventos de Diseño, he sabido lo buena que eres en tu trabajo.

Ella sonrió y se mordió el labio.

–Con respecto a Tremont HI…

–¿Qué vas a decir? Creciste creyendo que tenías que competir con Tremont HI para conseguir la atención de tu padre. Eso explica tu aversión al negocio inmobiliario.

–¿Lo sabías? –preguntó ella sorprendida.

–Era difícil no darse cuenta –puso él–. Y tengo que admitir que he llegado a comprender que Marcus no se hizo ningún favor en ese sentido.

–Durante años he creído que eras igual que mi padre.

–¿Alguna vez he hecho que te sintieras como si ocuparas un segundo lugar? –preguntó él.

–No…

Era verdad. De hecho, la había sorprendido la frecuencia con la que Griffin estaba en casa esperándola cuando volvía. Deseando estar con ella.

–Respecto a ese mote de don Arreglatodo… –los ojos de él chispearon malévolos.

–¿Qué?

Con un movimiento rápido, la tumbó de espaldas.

–Vamos a intentar buscar otro, ¿te parece?

–¿Qué tal don Todo? –ofreció ella–. En el sentido de que lo eres Todo para mí.

–Buen intento, gatita –gruñó él–, pero yo estaba pensando en algo un poco más viril.

Ella se rió y después los labios de Griffin atraparon los suyos.

Epílogo

Griffin miró al bebé que tenía en los brazos y sintió cómo su corazón se expandía.

Habían regresado del hospital el día anterior, y celebraban una reunión en su casa de Pacific Heights para que sus familiares y amigos íntimos conocieran a los recién llegados.

Eva y él habían llamado a su hija Millicent Audrey, en honor a las madres de ambos. Había nacido hacía cuatro días, con una mata de pelo oscuro y ojos negros.

Al otro lado del salón se encontraba Eva acunando a Andrew Marcus, que había nacido dos minutos antes que su melliza. Igual que su hermana, llevaba los nombres de sus abuelos. A diferencia de Millicent, Drew tenía poco pelo y ojos de color azul oscuro que podrían cambiar con el tiempo.

Griffin pensó en el largo camino que habían recorrido hasta llegar a ese día. Eva había tenido que someterse a una miomectomía para que le extirparan los fibromas y no habían sabido qué efecto tendría eso a largo plazo.

Los había llenado de júbilo descubrir, tras dos años de matrimonio, que Eva estaba embarazada de gemelos.

Griffin sintió una mano en el hombro y se dio la vuelta. Marcus estaba de pie a su lado. Llevaba un puro apagado en la mano y parecía estar disfrutando enormemente del evento.

–Hoy es un día de puros de color rosa y azul –dijo Marcus, señalando la vitola de dos colores que rodeaba al puro.

Griffin miró a su hija, que tenía los ojos cerrados. Justo en ese momento se acercó Eva, con Drew en brazos.

–Nunca pensé que vería este día –comentó Marcus.

–¿El de ver a tus nietos? –adivinó Eva.

–No –Marcus agitó el puro–, me refiero al día en que Griffin y tú fuerais padres juntos. Siempre supe que estabais hechos el uno para el otro.

Eva enarcó una ceja.

–Sí, y te ocupaste de conseguir que nos diéramos cuenta de eso, ¿verdad?

Griffin controló una sonrisa. Marcus había medio reconocido su estratagema de hacer creer a Eva que Griffin había aceptado acciones de Tremont HI a cambio de casarse con ella. El padre de Eva había admitido que su forma de expresarse podía haber dado lugar a una mala interpretación del significado.

–Pero ha sido para bien, ¿no? –replicó Marcus con ojos brillantes–. No puedes quejarte del resultado, hija.

–Eso es típico de ti, pensar que el fin justifica los medios. Pero no te preocupes, yo no le ofrecía a Griffin acciones de Eventos de Diseño con la condición de que te aceptara como suegro.

Griffin no consiguió controlar una carcajada.

–Eres muy aguda, igual que tu padre –rezongó Marcus, aunque era obvio que nada podía enturbiar su felicidad–. Sin embargo, a diferencia de mí, tú no necesitas a Griffin para que te ayude con tu negocio.

Eva sonrió y hubo un momento de conexión entre padre e hija.

A pesar de sus pullas y discusiones, Griffin sabía que entre padre e hija existía un profundo vínculo. Eva había perdonado a Marcus por interferir en su vida una segunda vez, llevándola a creer que Griffin había aceptado un soborno para casarse con ella. Además, el tema de Tremont HI ya no era un punto de fricción.

Eva había comprendido que tanto su padre como su marido respetaban su profesión y su buen juicio empresarial. A pesar de eso, ella había delegado muchas de sus responsabilidades en Eventos de Diseño para tomarse una baja por maternidad y pasar tiempo con sus hijos.

Mientras Eva y Marcus hablaban, Griffin reflexionó sobre el hecho de que tenía todo lo que siempre había deseado.

Cuando sus hermanos se hicieron adultos, había pasado muchos años pensando que lo último que necesitaba eran más compromisos personales y responsabilidades. En retrospectiva, había comprendido que se debía a que se tomaba sus obligaciones tan en serio que no quería aceptar ninguna más.

Pero a la larga, en vez de sentirse libre se había

sentido desconectado del mundo. Había estado a la deriva hasta que había abierto su corazón a Eva.

También había descubierto que deseaba ser padre mucho más de lo que había creído posible. Era como si la espera y el esfuerzo por concebir hubiera cimentado su determinación sobre lo que quería tener en su vida.

Eva. Hijos. Una vida hogareña que en su caso había sido trastocada por un desgraciado accidente de avioneta, y que él había intentado recrear para sus hermanos durante muchos años.

–¿Por qué sonríes? –le preguntó Eva.

–Es imposible no sonreír –contestó él.

Eva no podía estar más de acuerdo. Si alguien le hubiera dicho tres años antes que acabaría casada con Griffin Slater y siendo madre de gemelos, se habría echado a reír.

El vínculo que tenía Griffin con Tremont HI y con su padre le había impedido verlo como lo que era en realidad: el marido ideal. Y había optado por comprometerse con alguien que nunca lo habría sido.

Griffin y ella celebrarían su tercer aniversario de boda al mes siguiente. Y a pesar del estrés que habían provocado su operación y su empeño en quedarse embarazada esos primeros años, estaban mucho más unidos.

En retrospectiva, agradecía que hubieran tenido tiempo para forjarse una identidad como pareja. Sobre todo teniendo en cuenta que habían duplicado el tamaño de su familia en un instante, y estaban abiertos a la posibilidad de adoptar más niños en el futuro.

–Prométeme una cosa –le dijo a Griffin.

–¿Qué?

–No dejes de quererme nunca.

Él se inclinó para besarla, por encima de los bebés que tenían en brazos.

–Puedes estar segura de ello –murmuró contra sus labios.